嘘つきなレディ
五月祭《メイ・デイ》の求婚

白川紺子

集英社文庫

Contents

Kouko Shirakawa

嘘つきなレディ

五月祭《メイ・デイ》の求婚

Liar lady -the proposal on May Day-

✥ プロローグ ✥

　メアリのもとにハートレイ伯爵家の使いがやってきたのは、その年の暮れのことだった。

「お迎えにまいりました、メアリお嬢さま」

　立派な箱型馬車からおりてきた初老の男性にそう言われ、メアリはぽかんとした。

「お嬢さまって、だれのこと？」

「あなたさまです」

「あたしはただの花売りよ、おじさん」

　格好を見ればわかるでしょう――とメアリは不思議になる。

　色褪《いろあ》せて破れたボンネットに、つぎはぎだらけのワンピース。冬の路上だというのに裸足《はだし》で、片手にスミレの花束がつめこまれたかごを抱えている。ロンドンの街頭に何百人といる、花売り娘のひとりだ。物心つく前から十二歳になる今まで、メアリはずっと花売りだった。

　おじさん、とメアリに呼ばれた男性は、あわれむようにすこし目をふせた。

「あなたさまは、旦那さま――ハートレイ卿《きょう》のご息女でいらっしゃいます。赤ん坊のころ乳母《ナニー》にさらわれて、行方《ゆくえ》がわからなくなっていたのでございますよ」

メアリは目を丸くする。なんのことだか、さっぱりわからない。

「あたしがその赤ん坊だっていうの？　まさか」

メアリは孤児だ。父親は知らない。母親は六歳のときに亡くなって、どんな母だったかもあいまいだが、さらわれた令嬢だなんて――

「ちゃんと調べはついているのです。その結果、あなたさまは間違いなく旦那さまのご息女、レディ・メアリ・シーモアでいらっしゃるとわかったのですよ」

初老の男性は簡潔に言って、馬車の扉を開けた。うやうやしい態度で、馬車に乗るようメアリをうながす。

メアリは混乱しきっていたが、ひきよせられるように馬車に乗った。なぜなら、馬車の座席は上等のビロードに覆《おお》われ、ふかふかとして、とてもあたたかそうだったからだ。路上は寒く、しもやけだらけの足は凍えて感覚もなかった。

思うに、この初老の男性――すぐにわかったことだが、彼は伯爵家の執事だった――は、このときもっとくわしく説明すべきだったのだ。

そうしたら、メアリだってちゃんと言えていたはずだ。

それは、人違いです、と。

第一章

真冬の五月祭《メイ・デイ》

メアリは自室の大きな鏡の前で、しつこく自分の姿を確認していた。

ドレスを着せてくれたメイドたちはもういない。お目付け役の家庭教師《ガヴァネス》ロジーナだけがほほえみを浮かべ、すこし離れたところに立っている。

メアリはドレスのうしろを映したり、一歩下がって眺めてみたりしては、首をかしげていた。

「そんな白雪姫のお妃《きさき》みたいに鏡とにらめっこしなくても大丈夫でございますよ、メアリお嬢さま。今日のお姿もとってもおきれいでございますから」

鏡の前から離れようとしないメアリに、ロジーナがクスクス笑う。メアリは赤くなった。

「そ……そういうことじゃないの。だって、鏡に映っているのは本当にわたしなのかしらって、いつも思うんだもの」

鏡に映る十六歳の少女を、メアリはどこか自分だと思えない。ハートトレイ伯爵家にひきとられて四年、毎日上等なドレスを着せてもらっているが、いつまでたっても慣れないのだ。

鏡の中のメアリは、レモンイエローのドレスを身にまとっている。喉を覆うのは細かな網目に花模様を編みこんだ白いブラッセルレースで、上衣《うわぎ》の丸い襟にはフリルが重なり、前立てには小さなリボンが並んでいる。袖口からは贅沢《ぜいたく》にたっぷりとしたレースがのぞき、腰をリボンで飾ったふくらはぎまでの丈のスカートは、裾がふんわりと広がっていた。色合いといい形といい、歳《とし》のわりに子どもっぽいが、繊細で、可憐《かれん》なドレスだ。

ゆるやかに波打つローズブラウンの長い髪はすこしだけうしろでまとめ、ドレスとおなじレモンイエローのリボンを飾っている。じっと鏡を見つめ、メアリは霧のかかった深い森のような緑の瞳をぱちぱちとしばたたいた。

白い手袋をした手でスカートをつまみ、お辞儀をしてみる。

——まるで本当のお嬢さまみたい。

きれいなドレス姿に胸が躍って、はにかんだ笑みが鏡に映る。だが、たちまちその顔は曇った。

そうだ。まるで本当のお嬢さまみたい、だ。

メアリは『本当のお嬢さま』ではない。

十六年前、乳母《ナニー》にさらわれた赤ん坊の、名前はメアリ。茶色の髪に、緑の瞳。その条件にメアリはぴたりとあてはまるけれど、違うのだ。みんな、勘違いしているのだ。

——わたしは噓《うそ》つきだわ。

本当のメアリだったのは、わたしじゃない。

だから、こんなドレスを着ていちゃいけないし、それで喜んだりしちゃ、もっといけないのに——

「メアリお嬢さま？　どうかなさいましたの？」

沈んだ顔になったメアリに、ロジーナが歩みよってくる。

「ううん、なんでもないの」

メアリはあわてて首をふる。

「心配なさらなくても、今日いらっしゃるお客人はみなお若いかたばかりでしょう。多少マナーを間違えたり、お名前を間違えたり、敬称を間違えたり、ドレスの裾を踏んづけて転ばせてしまったりしたって、きっと大目に見てもらえますわ」

「も、もうそのことは言わないで……！」

階段をおりるさいに、うっかり、よその令嬢のドレスを踏んでしまって転ばせ、大恥をかかせてしまったのは、つい先日のことである。

ホホホ、とロジーナは笑う。

「では鏡とはもうお別れして、そろそろ大広間《ホール》のほうへまいりましょうか。お客人たちがいらっしゃるころでしょうから。奥さまもお待ちでございましょう」

「ええ」

ロジーナと話していると、いつも思いわずらっていることが、つかの間晴れていく気がする。

メアリは扉へ向かう前にもう一度鏡をのぞきこんで、頭のリボンの位置を直した。

「お母さまは気に入るかしら、この格好」

「もちろんでございます。奥さまがお見立てになったドレスですもの」

メアリはドレスの足もとに目を向けた。レモンイエローのドレスの裾からは白い絹の靴下が見え、足は刺繡《ししゅう》の入った華奢《きゃしゃ》な靴で包まれている。

花売りのころには、裸足の足がのぞいていた。石畳を踏む足裏はがさがさで固くこわばり、指はしもやけのために赤く熟れた果実のようにぱんぱんに腫れていた。

今、メアリの足は透き通るように白くなめらかで、傷のひとつもなく、絹の靴下と上等な靴で守られている。

メアリは、当時の自分の足を思いだすと、冷たい手でぎゅっと心臓をつかまれたような心地になる。今のやわらかなかかとを、ふたたび石畳の上に乗せられる気がしない。

それだからメアリは、周囲の勘違いを知っていながら、本当のことを打ち明けられずにいるのだった。

ハートレイ伯爵邸での今日の催しは、操り人形芝居《ファントチーニ》だ。

ハートレイ卿《きょう》夫人、ジュリアがわざわざロンドンからこの屋敷に呼びよせた大道芸だった。

ソファに腰かけ、招待客とともにメアリはそれを鑑賞している。

大広間の大きな窓を覆うようにして、移動式舞台が設《しつら》えられていた。舞台の中では、手足を糸で吊《つ》るされた人形たちが生き生きと動きまわっている。演目は五月祭《メイ・デイ》。二月という今の時期には合わないが、これもジュリアの希望である。

「すばらしいわね、あの人形の動き。そう思わない？　メイ」

ジュリアの言葉に、メアリはうなずく。

「ええ、お母さま。生きているみたい」

ジュリアはメアリを、メイという愛称で呼ぶ。だからこの演目は、メイという愛称にかけた洒落《しゃれ》のつもりなのだ。

大広間には客人が十名ほど、長椅子に座ったり、暖炉によりかかったりと、思い思いの場所で舞台を鑑賞している。みな、上流階級の人たちだったが、若者ばかりだ。メアリと話が合うようにと、ジュリアが考えて招いた客だった。

ジュリアはいつもそうなのだ。メイが楽しめるように、メイが喜ぶように――いつもそうやってメアリの世話を焼く。赤ん坊のころ誘拐されやっと戻ってきた娘を、それこそ目に入れても痛くないほどかわいがっているのだ。

メアリは、四年前、この屋敷につれてこられたときのことを忘れたことはない。ぼろぼろの服を着た小汚い花売りのメアリを、ジュリアはなんの躊躇《ちゅうちょ》もなくぎゅっと抱きしめた。垢《あか》と埃《ほこり》まみれのメアリに頬ずりして、泣いたのだ。

メアリの本当の母親は六歳のときに猩紅熱《しょうこうねつ》で死んでしまったから、その記憶はおぼろげにしかない。だから、ジュリアに抱きしめられたとき、母親とはこんなにもあたたかいものなのかと、胸をつかれる思いがした。

むろん、それはジュリアがメアリのことを、本当の娘だと思ったからしたことだ。そこを間違えちゃいけない、とメアリは自分に言い聞かせる。こんなにあたたかなジュリアを、だましているのだ、ということも。

メアリは楽しげなジュリアの横顔をそっと盗み見たあと、舞台に目を戻した。

五月の風が吹いたなら
君を迎えにいくよ
僕の五月女王《メイ・クイーン》
緑のジャックが青葉を揺らし

薔薇《ばら》をたずさえ君のもとに
……

人形遣いの歌声が、大広間に響き渡る。つやのある青年の声だ。

歌は昨今巷《ちまた》で流行している作者不詳の歌である。軽快で明るいメロディが現代の世相にふさわしい、という評判だ。

〈飢餓《きが》の四十年代〉と呼ばれる暗い不況期を抜け、一八五一年にロンドンで万国博覧会が華々しく開かれてから十余年、大英帝国は今まさに繁栄を謳歌《おうか》している。下町の孤児であったメアリは、豊かになったなどと感じたことは一度もなかったが。

『明るくなればなるほど、暗い部分はいっそう暗くなるのでございますよ』とは、家庭教師のロジーナの言葉だ。なんとなく、わかる気がする。うす暗い下町の路地裏とこの伯爵邸とでは、なにもかもが違いすぎる。

人形芝居は、終幕にさしかかった。メアリは息をつく。部屋が暑い。暖炉の火に加え、芝居の熱気、人いきれのせいだろう。

芝居が終わったら、お茶会だ。メアリは粗相のないように客人と会話しなくてはならない。これがメアリにはむずかしい。上流階級の人とは、どうにも話が噛《か》み合わないからだ。

「……お母さま」

ソファに腰かけているメアリは、隣のジュリアにおずおずとささやきかけた。

「ちょっとのあいだ、席をはずしてもいい？　暑くて頭がぼうっとするの」

ジュリアはすこし困ったようにメアリを見たが、すぐに、しかたないわねえ、という顔になる。「お茶の時間までには戻ってくるのよ」

メアリのためにあるような舞台なのに、とうのメアリが席をはずすなどとは失礼もいいところだ。ジュリアにも申し訳ないと思いつつ、メアリはこっそり大広間を抜けだした。緊張するお茶会の前に、ひと息つきたかったのだ。

階段をあがり、二階のロングギャラリーに足を踏み入れる。美術品を陳列した長細い部屋はひっそりとして人気《ひとけ》がなかったが、暖炉にはちゃんと火がおこされていた。

部屋には壁に沿うようにして、ハートレイ伯爵家歴代当主が大陸旅行《グランド・ツアー》で集めた美術品が惜しげもなく陳列されている。メアリはそれらを見るともなしに見てまわった。

雑多にも思えるほどぎっしりと壁を覆う絵画の数々、象嵌《ぞうがん》細工のほどこされた脇机に置かれたイタリア製の陶器の壺《つぼ》、等間隔に並べられた古代ギリシャの大理石像。

アポロンの胸像の鼻をちょんとつつき、メアリはため息をついた。

「なにか悩みごとですか、メアリお嬢さま？」

とつぜん、背後から声をかけられ、メアリは驚いた。それまで、まるで人の気配なんて感じなかったのに。

「だれ……ど、どなた？」

ふり返ると、二、三歩先に青年が立っていた。見おぼえのない青年だ。客の中にはいなかった。それに、身なりも上流階級のものとは違う。黒っぽいコーデュロイのジャケットに襟もとをぴったり覆うネッカチーフは、下町の呼び売り商人のようだ。亜麻色の髪に灰色の瞳。なかなかに端整な顔には、それが地なのか愛想なのかわからないが、笑みがはりついていた。

どうにも場違いな感のある彼をけげんに思ったメアリだが、その手もとを見て、ああ、と合点がいく。

「あなた、ひょっとして人形遣いの人？」

青年は片手に人形を抱えていた。さきほど舞台で見た人形だ。白いドレスを着た五月女王の木製人形。

「そうですよ」

青年はおどけたように首をかたむけて笑う。

「じゃあ、もうお芝居は終わってしまったの？　たいへん、わたし戻らないと」

急いで戻ろうとするメアリの前に、青年はすっと体をずらした。ぶつかりそうになって、メアリはよろける。

「あ、ごめんなさ……」

ずい、と目の前に人形がつきだされる。

「なにか悩みがおありでしょう？　メアリお嬢さま」

声色《こわいろ》を変えて、青年は人形の手と口を動かす。どういうしかけなのか、目までぱちぱちとまばたきした。

「たとえば――『このまま嘘をついていていいのかしら』、とか？」

メアリは、ぎょっとした。

青年の目がひなたぼっこする猫のように細められる。

「ダメですねえ、メアリお嬢さま。それじゃバレバレです。もっとうまくごまかさないと」

「あなた、だれ……」

「ウィルソン牧師《の》をおぼえていますか？」

メアリは息を呑む。

「あなたのことをハートレイ卿に知らせた牧師ですよ。あなたが持っていた紋章入りの指貫《ゆびぬき》を見て、彼はあなたがハートレイ卿の令嬢、レディ・メアリ・シーモアなのだと確信した。ですよね？」

人形片手にニタニタと笑いながら、青年はメアリに近づく。メアリは無意識のうちにあとずさっていた。

「メアリという名前。その髪、瞳。彼がそう思ったのも無理はないことです」

いつのまにかメアリは、部屋の奥に追いつめられていた。

「美しくなられましたねえ、メアリお嬢さま。とても花売り娘だったとは思えない。そう——まるで本当のお嬢さまのようだ」

メアリの鼓動が激しくなった。

この男は知っているのだ。目の前にいるメアリが偽者だと。

どうして？　どうしよう——心臓がばくばくと脈打って、頭が真っ白になる。

メアリが偽者だとばれたら、もうここにはいられない。

足をやさしく包む靴下、しもやけで赤黒く腫れていた裸足、あたたかくやわらかなベッドに、冷たく湿った下町の下宿屋のベッド、いろんなものが入り交じり浮かんでくる。

抱きしめてくれたジュリアの腕。あのあたたかな甘いにおい。

——いやだ。なくしたくない。

メアリは人形をぐいと押しのけ、青年の顔をのぞきこんだ。彼は驚いたように目をみはる。

「忘れて」

はっきりとした声で、メアリは言った。

「わたしのことは忘れて。お願い」

じっと青年の目を見つめる。メアリの瞳が熱を帯びてきた。

すると奇妙なことに、緑だった瞳の色が、じわりとインクがにじむようにヘーゼル色に変わっていった。同時に、青年の灰色の瞳もそれが移ったようにヘーゼル色になる。

焦点の合わなくなった彼の目が、ぼんやりと宙をさまよう。体がかたむき、彼はがくりと膝をついた。手から落ちそうになった人形を、メアリは抱きかかえる。

メアリはごくりとつばを飲みこむ。震える腕で人形を抱きしめた。

しばらくして、青年は頭を押さえ、ふらりと立ちあがる。顔には困惑の色が浮かんでいた。

「……あれ？　僕はどうして……」

彼はメアリに目をとめ、不思議そうに首をかしげた。

「あなたは——？」

メアリはほっと肩の力を抜いた。——忘れてくれた、よかった。

「わたしはこの家の娘です」

そう言ってメアリは人形を彼の手に押しつけると、急いでその場から立ち去った。

——また、この〈力〉を使ってしまった。こんなことに。

この〈力〉でメアリのことを忘れさせたのは、これでふたりめだ。

この〈力〉があったから、メアリは今もこの家の娘でいられている。

——いけないのに。嘘なんかついて。こんな〈力〉なんて使って。わたしはどんどん、悪い人間になっていく……。

メアリは部屋から逃げだすことで頭がいっぱいだった。だからまったく気づかなかったのだ。

部屋の奥にある衝立《ついたて》の向こうから、メアリたちを見ていた者がいたことに。


「——今の、見てたか？　デイヴィー」

メアリも人形遣いも部屋を出ていってしまってから、衝立のうしろでジョシュアは、隣にいるデイヴィッドに尋ねた。

「見てたよ」

デイヴィッドは空色の瞳を戸惑うようにさまよわせつつも、うなずく。やわらかそうな金色の髪が揺れた。

ジョシュアもデイヴィッドも、今日の人形芝居に招かれた客である。大広間の熱気に辟易《へきえき》して、このロングギャラリーに逃げてきたのだ。芝居のあとのお茶会もめんどうで、ぐずぐずしていたら人が入ってきたので、あわてて衝立のうしろに隠れた。せっかくひと休みしているところを、邪魔されたくなかったからだ。真面目なデイヴィッドはぶつぶつとうるさかったが。

『忘れて』

メアリと人形遣いの会話はよく聞こえなかったが、そう言ったメアリの声ははっきりと聞こえた。そうしたら、ふたりの瞳がヘーゼル色に輝いて——

額に落ちかかった黒髪を、ジョシュアは無造作にかきあげた。美しい鳶色《とびいろ》の瞳がじっと一点を見すえている。

「あれは——」

ジョシュアはにやりと笑った。

——利用できる。

デイヴィッドが顔をしかめた。

「その顔、なにか悪いことを企《たくら》んでない？　ジョシュ」

「自慢じゃないが俺は善いことを企んだことは一度もない」

「ホントに自慢じゃないよね。それに善いことは企むって言わないよ」

ふん、とジョシュアは鼻を鳴らす。デイヴィッドはいちいち小言が過ぎるのだ。

ジョシュアはメアリが去っていった扉を見やり、もう一度うすい笑みを浮かべた。

第二章　ガア、ガア、がちょうさん

ガア、ガア、がちょうさん
ぶらぶらどこへ？
上へ、下へ、レディのお部屋へ
そこで会ったおじいさん
お祈りもろくにしない
だからその足くわえて
階段の下へポイ！

低くやわらかな歌声をつむいでいた口を閉じ、つややめいた漆黒の髪を持つ青年は目を開いた。琥珀色《こはくいろ》の瞳がどこかうっとりと宙に向けられる。
鎧戸《よろいど》を閉めた部屋の中はうす暗く、かすかにもれる陽《ひ》の光が彼の膝に縞《しま》模様を作っている。

わずかばかりの光でもわかる、ぞっとするほど美しい青年だ。

ソファに深く体を沈め、なにが面白いのか、彼は形のよい唇をつりあげた。

「やはり、思っていた通りだ。彼女の〈力〉は本物だよ」

そのようですねえ、とかたわらにいた男が笑みをはりつかせた顔でうなずく。手には五月女王《メイ・クイーン》の人形。そのまつげがぱちぱちと動いた。

「どうなさいます？」

と、部屋の隅からつやっぽい女の声が投げかけられる。長い髪を結いあげもせずに垂らした女が、壁によりかかっていた。

「予定通り。彼女には我々の仲間になってもらう。我々――〈黒つぐみ〉の仲間に」

青年は含み笑いをもらす。うす闇のなか、琥珀色の瞳があやしく輝いた。

＊

メアリは、こっそり広間《サルーン》から抜けだすと、応接間《ドローイング・ルーム》へ向かった。

広間では今日もお茶会が開かれている。

スミレの砂糖漬けが乗ったケーキにキャラウエイ・シードケーキ、ラズベリーソースのかかったアイスクリーム、薔薇色《ばらいろ》のマシュマロにチェリー・ケーキ、バター・トフィー、冷肉のサンドイッチ……

ハートレイ伯爵家のコックが腕によりをかけて作ったお菓子やサンドイッチの数々はすべてメアリの好物ばかりで、もちろん文句なしにおいしいのだが、マナーに気をとられながらでは味もしない。

――ほんのちょっと、ひと休みするだけ。すぐに戻らなきゃ。お母さまが困るもの……

応接間の扉を開けると、さいわい中にはだれもいない。ほっと息をついて、メアリは部屋に入った。

「五月の風が吹いたなら、君を迎えにいくよ……」

小さく口ずさみながら、ソファのあいだをすり抜ける。先日の人形芝居以来、この流行歌はすっかり耳になじんでしまった。

淡いベビーブルーのドレスのリボンが、歩くたびひらひらと揺れる。

今日のドレスもジュリアが選んだものだ。

白い大きなレースの襟に、しぼった袖口にはたっぷりとしたフリル。スカートの上にはふわふわとしたオーガンジーのフリルを重ね、腰には同素材の大きなリボン。胸もとの花挿《ポージー》しには黄色いウィンタージャスミンを活《い》けてある。

いつもながら、子どもっぽくも贅沢《ぜいたく》なドレスだ。自分にはもったいないと思う。

広く豪華な応接間には、大きな窓から陽の光がたっぷりとさしこんでいる。三方の壁から天井にいたるまで描かれた壮麗な天使たちの群れが、その陽に白々と照らしだされていた。

大きく口を開けた大理石の暖炉では穏やかに火が燃え、炉棚の彫像は夜見るときよりもやわらかな顔つきをしている。

メアリは暖炉の前のソファに腰をおろすと、菓子皿からひとつ失敬してきたトフィーのうす紙をはがし、口にほうりこんだ。やわらかなトフィーは噛《か》むたび口いっぱいにキャラメルの甘い味が広がる。メアリの大好物だ。

メアリは包み紙を小さく丸めて、暖炉の火にくべる。紙はすぐに灰になった。

こうこうと燃える炎を、メアリは頬杖《ほおづえ》をついてぼんやりと見つめる。それからおもむろに襟もとに手をさしこみ、つけていたネックレスをはずした。それを火の明かりにかざす。

それは、銀の指貫《ゆびぬき》に鎖を通したものだった。刻まれた柘榴《ざくろ》の紋章が、橙《だいだい》色《いろ》の火にきらりと輝く。

——これが、わたしの運命を変えたんだわ。

ふと、扉の向こうから少女たちの声が聞こえてきて、メアリはとっさに指貫を握りしめ立ちあがった。

「あら、やっぱりこちらでしたのね」

扉から顔をのぞかせたのは、サンドリッジ侯爵令嬢のヴァイオラだ。いつもいるとりまきの少女がふたり、一緒だった。

「あなたったら、いつでもどこかへ消えてしまうのだから。お気の毒に、家庭教師《ガヴァネス》がさがしまわっていてよ」

「あの、ちょっと……だ、暖炉の火にあたりたくなって」

うまい言い訳が思い浮かばず、メアリは指貫を握っていないほうの手を暖炉にかざした。

ヴァイオラは白けたように褐色の目を細める。

「もうすこし気の利いた言い訳をなさったらいかが、メアリ？　教養のほどが知れてしまいますわ」

サンドリッジ侯爵家とはロンドンの町屋敷《タウンハウス》がおなじ界隈《かいわい》にある。所領も近いので、いちばん顔を合わせることの多い令嬢だった。目鼻立ちのくっきりした少女で、うしろでまとめた栗色《くりいろ》の髪の毛先を、きれいにカールさせて肩の上に垂らしている。おしゃれな令嬢なのだ。

「ヴァイオラ、怪我《けが》はもう大丈夫？」

遠慮がちにメアリは尋ねる。先日ドレスの裾を踏んで転ばせてしまった令嬢は、彼女だった。

ヴァイオラは顔を赤らめ、眉をぴくりとつりあげる。

「ええ、おかげさまで！　思いださせないでくださるとありがたいのですけれど？　あんなに恥ずかしい思いをしたのはわたくし初めて」

「あ……ごめんなさい」

たしかにメアリだってあまり思いだしたくない事柄である。ヴァイオラは扇を広げて口もとを隠し、大きな声を出してしまったことに気づいてか、コホンと咳払《せきばら》いする。

「ところでメアリ、あなたのお父さまは、最近ラヴィントンさまと親しくなさっているの？」

「え？」

ラヴィントンさま《ロード・ラヴィントン》？

だれ？　と言いそうになったのをこらえて、メアリは頭の中で必死に貴族名鑑をめくった。知らない、というだけで失礼になったりするのだ。失礼があればメアリが困るのではない、ジュリアたちを困らせてしまうことになる。

――だれだっけ？　ラヴィントン……ラヴィントン……伯爵、ううん、侯爵だっけ？

「ほら、あの羊歯《しだ》伯爵よ。羊歯《テリド》マニアの」

ヴァイオラがじれたように言葉を重ねる。それでメアリにもわかった。

羊歯を偏愛するラヴィントン伯爵。

子どものころに父母を亡くし、十二歳の若さで爵位を継いだ若き美貌の伯爵。

風変わりな、けれどとても美しい二十二歳の青年貴族。

「お父さまは、とくに親交があるとはおっしゃってなかったはずだけれど。それにお父さまはもうロンドンなの」

二月に議会が開かれるのに合わせて、財務大臣であるハートレイ伯爵リチャード・シーモアはひと足先にロンドンのタウンハウスに移ってしまっている。社交期のはじまる春になればメアリたちもロンドンに移動するが、それはまだすこし先のことだった。

「じゃあ、あなたのお兄さまとお親しいのかしら？」

「兄はまだイートンの寄宿舎だから、そんなことは……ええと、ヴァイオラ、どうしてそんなことを訊《き》くの？」

いつもながら、上流階級の会話というのはまわりくどくて、メアリは閉口する。

まあ、とヴァイオラが目を見開いた。

「だって、この前の人形芝居にも、今日のお茶会にもいらしてるじゃない！　これまでそんなことなかったのに」

「え？　そうだったかしら」

メアリはついそうもらしてしまい、ヴァイオラをあきれさせた。

「あなたね、招待客ぐらい把握しておきなさいな。失礼にもほどがあってよ。だいたい、あなたはそうやってふらふらふらふらうろついているから、わかるものもわからなくなるのだわ」

「そこまでふらふらしてないと思うのだけど……」

「なんですって？」

「う、ううん、なんでもない」

あわてて首をふるメアリを、ヴァイオラは不満そうにねめつけた。

「それで、その、ラヴィントンさまがどうかしたの？」

どんな人だったかしら、と記憶をたどりながらメアリは尋ねる。

あいさつくらいは交わした気がするが、よくおぼえていない。だれかを紹介されたときはいつでも、きちんとお辞儀ができているか、粗相をしないか、そればかり気になっているから。

「どうかしたのじゃありませんわ。あなたはちゃんとごらんになって？　ラヴィントンさまを」

ヴァイオラは白い手袋をはめた両手を握り合わせ、うっとりとした。

「わたくしはお近くでお顔を拝見したのだけれど、評判にたがわず美しいかたでしたわ。黒玉《ジェット》のような黒髪に、猫のように鋭くてきれいな鳶色《とびいろ》の瞳、ちょっと皮肉げな笑みを浮かべた唇……」

ああ、とメアリはようやく理解した。

ヴァイオラはラヴィントン伯爵に夢中らしい。

――でも、ラヴィントン伯爵って、たしか……

メアリはすこし心配になった。ラヴィントン伯爵には、あまりよい噂《うわさ》がないからだ。

いわく、つねに何人もの恋人がいるだとか。

泣かされた貴婦人が何人もいるだとか……

「あまり、いい噂を聞かないかただけれど……」

思わずそうもらすと、ヴァイオラはきっとメアリをにらんだ。

「噂なんて！　いくらでも尾ひれがつくものだって、あなた、よくわかっているのではなくて？」

含みのある言いかたに、メアリはうつむく。

メアリは自分が社交界でどう噂されているのか知っている。赤ん坊のころさらわれて十二年ぶりに戻ってきた伯爵令嬢は、有名人だ。とかく噂の的になる。

礼儀作法もままならず、下町なまりの消えない品のない娘――社交界の人々は、メアリのことをひそかにそう嘲笑する。いかにも見てきたかのように具体的な例をあげて。

それらのいくつかは本当のことだったけれど、それもひどく誇張されていた。ひきとられてきた当初ならともかく、ある程度マナーも言葉遣いも改まった今になっても、噂は変わらない。かりにも伯爵家の娘だから、みな表向きは丁重にあつかってくれるが。

ヴァイオラはつんと顎をあげる。

「あなたはラヴィントンさまの噂より、ご自分の噂を気にされたほうがよくってよ。わたくしのドレスを踏んだ件にしたって、どんな噂になることだか知れないのだから。まったくあなたったら、いつまでたっても失敗ばかり。下町の生活がしみついてしまうと、いくら教育しても消えないのかしら？　さっきのあなたのお茶の飲みかたといったら、見ているこちらが恥ずかしくなってしまいましたわ。それともあれがハートレイ伯爵家の作法なのかしら？」

メアリはかあっと赤くなった。

いくら作法を学んでも、なんど練習を重ねても、どうしてもほかの令嬢のようにうまくはいかない。みなが好奇の目でメアリを注視しているのがわかるから、よけい緊張して、失敗してしまう。

うまくやらないといけないと思うのに。

嘘《うそ》までついて、ここにいるのだから。

せめて、ジュリアたちの迷惑にならないようにしなくては――

「ハートレイ伯爵夫妻もたいへんですこと、あなたがそんな風じゃ。いくら生まれが伯爵令嬢といっても花売り娘を迎え入れるなんて、伯爵家の品位を落とす、貴族の面汚しだって、伯爵夫妻が社交界で言われているのはご存じ？」

メアリはぱっと顔をあげた。

「お父さまたちを悪く言わないで！」

ヴァイオラは目をぱちくりさせる。とつぜん反撃されたので、びっくりしたのだろう。

メアリは我に返って、口を押さえた。

「あ……あああの、違うの、これは……」

ヴァイオラの顔がみるみる赤くなる。

「わたくしはそう言われているって事実を言ったまでですのよ！　そう言われるのはあなたが悪いんでしょう、わたくしに当たらないでくださる？　いやだわ、育ちの悪いかたはこれだからっ」

メアリは、ぎゅっと手を握りしめている。手の中の、かたい指貫の感触をたしかめる。

どうして、もっと上手にふるまえないのだろう。

メアリが失敗すれば、ジュリアたちが悪く言われることになる。それだから、気をつけなくてはと思うのに、どうしてこうへまをしてしまうのだろう。

「あら、あなた、なにを持っているの」

握りしめたネックレスにめざとく気づいたらしいヴァイオラの声に、メアリはびくりと肩を震わせた。

「これは、べつに――」

メアリが手をひっこめるまえに、ヴァイオラはすばやく鎖をひっぱり、ネックレスを奪っていた。

「なあに、これ。古い指貫ね」

ヴァイオラはジュエリーでなかったことに拍子抜けしたようだったが、すぐにそれがなにか思いあたったようで、ふうん、とつぶやく。

「これが例の指貫ですの？　あなたが伯爵家の娘だって証明されたっていう？」

柘榴の紋章は、ハートレイ伯爵家のしるしだ。指貫を持っていたことが、メアリが伯爵家のさらわれた娘であるという決め手になった。

「か――返して！」

焦って手を伸ばすメアリに、ヴァイオラは上機嫌になってうしろへさがった。

「いやよ。ねえメアリ、これはわたくしが預かっておきますわ。さっき失礼なことを言った罰よ」

小鳥がさえずるような軽やかな笑い声を立てて、ヴァイオラはくるりと背を向ける。とりまきの少女たちをひきつれ立ち去ろうとする彼女に、待って、とメアリは追いすがろうとした。

「――ずいぶん楽しそうですね、お嬢さまがた。私も交ぜてくれませんか？」

とつぜん、扉のほうから男性の声が投げられ、メアリたちは一様にぎょっとして足をとめた。

黒のフロックコートに身を包んだ、すらりとした長身の青年がひとり、開いた扉にもたれかかるようにして立っていた。

ヴァイオラが興奮した声をあげる。

「ラヴィントンさま！」

彼女の首筋はみるみる朱に染まり、瞳がきらきらと輝きだした。

この人が、とメアリは青年をまじまじと見つめる。

陽光につやめく黒髪、彫刻のように整った顔立ち。気まぐれな猫のような目は鳶色で、まっすぐメアリたちに向けられていた。

フロックコートの襟もとには花ではなくなぜか羊歯の葉がさしこまれ、タイはゆるめられている。扉にもたれかかった様子といい、しどけない姿は分別ある紳士が目にしたなら眉をひそめそうだ。

けれど――とても美しい、それだけではなく、どこか目をそらせない毒のようなものを持った青年だった。

ラヴィントン伯爵、ジョシュア・アシュレイ。

「広間のほうへいらっしゃいませんか？　花が消えてしまって、殿方がさびしがっておいでですよ」

笑みをたたえ、ジョシュアは扉の外を手でしめす。あら、とヴァイオラが高い声を出した。

「ラヴィントンさまもさびしくお思いになってくださいましたの？」

「もちろんです、ですからこうしてお迎えに。花を求める蝶《ちょう》のようにあちらこちらとさがしまわってしまいました」

「まあ」

ジョシュアはゆっくりとヴァイオラのもとまで歩みよると、優雅な手つきで彼女の手をとった。エスコートかと頬を染めたヴァイオラに、ジョシュアはにっこりとほほえみかける。

しかし、彼はくい、と手を返すと、そこにあるネックレスの鎖を指でつまみあげた。

「やけに質素なアクセサリーですね、指貫ですか。おや、ハートレイ伯爵家の紋章が入っている。なぜあなたがこれを？」

「えっ、いえ、それは……」

赤くなった顔を青くさせ、ヴァイオラはうろたえる。

「あっ、そ、そう、拾ったのでございます、たった今！　ねえっ」

と、背後のとりまきの少女たちに同意を求める。少女たちはあいまいにうなずいた。

「そうですか。ではこれはレディ・メアリに返しておきましょう」

かまいませんね、とジョシュアはヴァイオラに確認する。どこか楽しんでいる様子だった。

「え、ええ、もちろん」

ヴァイオラはひきつった笑みを浮かべ、「それでは、わたくしは広間に戻りますので」とそそくさと部屋を出ようとした。

ジョシュアは、彼女が通りすぎる瞬間、耳もとに顔をよせ、ささやいた。

「こういう意地悪は、恋人相手にするものですよ。レディ・ヴァイオラ」

うっとりとするような、つやめいた声だった。

ヴァイオラはその声音に首まで真っ赤になって狼狽《ろうばい》している。言われた内容は頭の中に届いていないようだ。言葉にならない声をあげて、逃げだすようにあたふたと部屋を出ていった。とりまきの少女たちがあわててあとを追う。

愉快そうに彼女たちのうしろ姿を眺めていたあと、ジョシュアはメアリに向き直った。

「どうぞ、レディ・メアリ」

さしだされたネックレスが、メアリの目の前で揺れる。

「ありがとう――」

ございます、と伸ばした手は、空《くう》を切った。

ジョシュアが、さっと手を上にあげたのだ。

——え？

ぽかんとジョシュアを見あげると、彼はにやりと笑った。楽しそうな、酷薄そうな笑みだった。

「これを返す代わりに、折り入って秘密の相談ごとがあるのですが——話を聞いてくれる、でしょう？」

「秘密の、相談ごと？」

なにを言いだすのだろう。

メアリは困惑して、ネックレスとジョシュアの顔を見比べる。

ジョシュアは、なんの前触れもなくすっとメアリに近づいた。ぶつかりそうになり、メアリはよろめいてうしろのソファに腰を落とす。そこに覆いかぶさるようにして、ジョシュアは身をかがめた。

——な、なに？

間近に迫る彼の顔にメアリは身をひこうとしたが、ソファの背にあたってそれ以上逃げることができない。

ジョシュアはメアリの顔をのぞきこんでいる。

「光の加減でヘーゼル色になるのかと思っていたけれど……」

ぎくりとメアリの体がこわばる。

「特別なときだけなのかい？　この前の人形芝居のときのように」

「な……なにをおっしゃって」

「俺はまわりくどいことはきらいだ」

ジョシュアの口調ががらりと変わった。

「しっかりとこの目で見た、君の瞳がヘーゼル色に輝くのを。俺はあの日、ロングギャラリーにいたんだよ」

――！

メアリは愕然《がくぜん》として、目をみはることしかできなかった。

その反応にジョシュアは満足げに笑う。

「部屋の奥に衝立《ついたて》があったろう？　黒檀《こくたん》の、象嵌《ぞうがん》細工の入った。俺はその陰から一部始終を見ていたんだ」

「い、一部始終？」

メアリの頭から血の気がひいていく。それなら、す丶べ丶て丶聞かれたということだろうか？

「あの人形遣いは昔の知り合いか？　なにを話していたのか知らないが。ともかく君があの男に『忘れて』と言ったのは聞こえた。そうしたら、男は本当に忘れてしまったかのように、君のことがだれだかわからなくなっていた」

メアリはほんのすこし、ほっとした。ジョシュアは、会話の内容までは聞きとれていなかったようだ。

が、ほっとしたのもつかの間、ジョシュアはぐいと顔を近づけ、勝ち誇ったように言った。

「君は人の記憶を消せる。そうなんだろう？」

メアリはごくりとつばを飲む。

──なにを馬鹿なことを。

と、言おうとした。けれど、彼の瞳の前には、そんなごまかしは通用しないと悟る。

ふつうなら、その現場を見たからといって、記憶を消せるだなんて信じられるはずもない。

だが彼は違う。

どうしてか、彼は確信していた。

そんなことがありえるのだと。この娘は記憶を消せるのだと。

「言っておくが」

ジョシュアはメアリの顔の前に手をかざした。

「俺の記憶を消したって無駄だ。あのとき、あれを見ていたのは俺のほかにもうひとりいる」

ジョシュアの手のひらを前に、メアリはめまいがしそうになるのをこらえた。

「……相談ごとというのは、なんですか」

震える声で問いかけると、彼は唇の片端をつりあげた。メアリの手をとり、ネックレスを握らせる。それからじらすようにゆっくりと移動し、向かいのソファに足を組んで座った。

「なに、むずかしい話じゃない。君を見こんで頼みがあるんだ。――ある人の記憶を消してほしい」

メアリは指貫を握る手にぎゅっと力をこめた。

「そんな」

「君は断れない。そんな力があるとハートトレイ卿《きょう》に知られたらどうなる？　気味の悪い娘だと、この家を追いだされたくはないだろう？」

組んでいた足をほどき、ジョシュアは身を乗りだした。鳶色の瞳にいやな影が落ちる。

メアリは頭に血がのぼっていくのを感じた。

「な……な……」

――なんて人だろう！

相談なんてものじゃない。脅しているのだ。

うすい笑みを浮かべている顔が、悪魔のように見えた。

口をきけないでいるメアリに、ジョシュアは承諾したものと受けとったらしい。

「近いうちに使いを出すから、よろしく頼むよ」

交渉成立、とばかりに立ちあがり、襟に飾っていた羊歯をすばやくメアリの胸の花挿しにさしこんだ。

鼻歌交じりに部屋を出ていくジョシュアに、メアリはただ身を震わせるしかなかった。

みずみずしい羊歯の葉は、獣が獲物につけた爪あとのようだった。

さしこまれた羊歯の葉をひき抜く。

どれくらいそうしていたのかわからない。メアリはずっと羊歯の葉を握りしめていたようだ。手を開くと、白い手袋に緑色の染みがにじんでいた。

――この染み、落ちるかしら。

子山羊《キッド》皮の手袋は、とても高価な品だ。メアリは泣きたくなった。羊歯を暖炉に放りこもうとしたが、それもなんだかかわいそうでテーブルの花瓶に押しこむ。

――どうしたらいいの？

ジョシュアの言いなりになって、だれかの記憶を消すなんて、いやだ。

だけど、この家にいられなくなるかもしれないと思うと、怖くて体がすくむ。

――やっぱり、他人の記憶を消すなんてこと、しちゃいけなかったんだわ。

人の記憶が消せる、ということをメアリが自覚したのは、そう昔のことではない。

たぶん、小さいころは無意識のうちにやっていたのだと思う。

思い返せば、近所のいじめっ子がとつぜんメアリのことを忘れたり、家賃を取り立てにきた大家がそれを忘れたり、そんなことはしょっちゅうあった。

口に出す必要はないのだ。目をじっと見つめて願えば、相手は忘れてくれる。

それでもいま、メアリが「忘れて」とわざわざ口に出すのは、自分に言い聞かせるためだった。

自分がやろうとしていることを、ちゃんと自覚するため。

――人の記憶を消すなんて、ものをかすめ取るのとおなじことだわ。

許されることではない。

――わかっているのに。

メアリは指貫を握りしめた両手を胸に押しつける。大きくため息をついた。

ジョシュアにメアリが偽者だと知られなかったことだけは、さいわいだった。あんな人に知られたらどうなるか、考えただけでもおそろしい。

メアリはふらりと立ちあがり、窓際に歩みよった。大きな窓ガラスにメアリの姿がうっすらと映っている。

メアリは指貫のネックレスをふたたび首にかけ、丁寧に襟の内側にしまいこむ。服の上から指貫をそっとなでた。

——メアリ。あなたはやっぱり、怒ってる？

窓に映る自分の顔に、指をすべらせた。そこにメアリがいるような気がして。

ほんのささいな、誤解だったのだ。

メアリがレディ・メアリと間違われたのは。

あの下町の下宿屋、ドルアリーレーンのうす暗い路地裏で、メアリはもうひとりの花売り娘と一緒に暮らしていた。

名前はメアリ。彼女はメアリ・スクワイヤといった。

メアリなんて名前の人間は掃いて捨てるほどいるが、ふたりは同い年で、髪も瞳も似通った色をしていたから、おたがい親近感があってすぐ仲良くなった。

知り合ったころメアリ・スクワイヤは母とともに暮らしていたが、あるとき家賃を払いきれずに母子《おやこ》そろって下宿屋を追いだされた。だからメアリは、一緒に暮らさないかと誘ったのだ。

メアリ・スクワイヤは、メアリよりも淡い茶色の巻き毛で、瞳もずっと明るい緑だった。

下町にはちょっとめずらしいくらいきれいな娘で、母親のアイリーン・スクワイヤとはまるで似ていなかった。今思えば当たり前なのだが。

おっとりとして、はかなげで、夢見がちな子だった。一度だけ見た一ペニー劇場に興奮して、女優になりたいと言っていた。

『メイはなりたいものってある？』

そう問われ、困惑したものだった。当時、おなじ名前じゃややこしいからと、メアリ・スクワイヤはメアリ、メアリ自身はメイと呼ばれていた。

冬にはスミレを売り、春になったらサクラソウを売り、モスローズを売り、ニオイアラセイトウ、ナデシコ、スズラン、ラベンダー……いつも目先の花を売ることしか頭になかったから、ずっと先のことなんて考えもしなかった。

けれど、彼女といるとよくそんな話をした。花をイグサで束ねて、紙で包みながら、どこそこへ行きたい、あれが欲しいと、叶《かな》えられそうにないことばかりを。そうやって夢みたいなことばかり話しているのは、楽しかった。

『メイにだけ、これ見せてあげる』

あるとき彼女は首からさげたネックレスを見せてくれた。銀の指貫がついたネックレス。

『これ、とても大事な物らしいの。お母さんの言うこと、めちゃくちゃでよくわからないけど』

彼女はネックレスをかかげ、ほほえんだ。

『メイ、あたしが先に死んだら、これを形見にもらってくれる？』

『形見なんて。縁起でもない』

メアリはぞっとしたものだ。彼女はどこかはかなげで、ふうっと吹けばかすんで消えてしまいそうなところがあったから。

そのうち、アイリーン・スクワイヤが死んだ。ふだんからひどい大酒飲みで、それがたたったのか、ある朝冷たくなっていた。

アイリーンは洗濯婦や既製服仕立てなどの職を転々としていたが、ささいなことで癇《かん》癪《しゃく》を起こし、娘を折檻《せっかん》することもあれば、次の瞬間にはまるで人が変わったようにやさしくなるようなところもあって、メアリにとっては得体の知れない怖い人だった。

そして、それから――メアリ・スクワイヤも死んだ。

当時猛威をふるっていた猩紅熱《しょうこうねつ》が原因だった。メアリの母も、この病で死んだのだ。わずかばかり貯《た》めていたお金をはたいて、教区の牧師になんとか葬儀をしてもらった。

葬儀の前に、メアリはメアリ・スクワイヤの首からネックレスをはずして自分の首にかけた。形見。こんなに早く形見になるなんて、思いもしなかった。

『君のそのネックレス、ちょっと見せてくれないか？』

牧師がそう言いだしたのは、埋葬を終えたあとのことだった。

牧師はクレメント・ウィルソンといったが、メアリが返事をする前に指貫を手にとり、ためつすがめつ眺めた。

『これは……。君、名前はなんていうんだい?』

メイ、とメアリは答えた。

『メイ?　メアリか』

それからウィルソン牧師はじっくりと観察するようにメアリを眺め、

『茶色の髪に、緑の瞳。ハートトレイ卿から聞いていた通りだ。うん、うん、やはりそうに違いない』

彼はなんどもうなずき、ひとりでなにか納得する。

『メアリ、君のそのネックレス、ちょっとのあいだ貸してくれないか?』

『い……いやです』

メアリは首をふった。だってこれは形見なのだ。

『なにも盗《と》ろうっていうんじゃないよ。——いいかいメアリ、ここをよく見て』

なだめるようにやわらかな声音《こわね》で言って、牧師は指貫に刻まれた模様を指さした。

『ここに柘榴の紋章があるのがわかるかい。これはね、ハートトレイ伯爵家の紋章なんだよ』

それがなんだというのだろう。メアリは戸惑ったが、再度乞《こ》われ、しぶしぶ指貫を渡した。なにしろ相手は牧師だ。悪いことはしないと思ったのだ。

そして、あの初老の執事がやってきたのだった。

だれもかれも、まともにメアリに説明しなかった。説明してもわからないと思ったのか、触れたくなかったのか。

くわしい話を聞けたのは、ハートレイ伯爵家につれてこられた翌日、枕もとに湯を持ってきたおしゃべりなメイドがあれこれ話して聞かせてくれたからだ。

『お嬢さまをさらった乳母《ナニー》は、アイリーン・スクワイヤっていうんですけどね、ここに来る前はべつのお屋敷のナースメイドだったんですよ。父親のいない子どもを産んで、ここで乳母になったはいいけど、肝心の自分の赤ん坊は阿片《あへん》チンキの与えすぎで死んでしまって、それで彼女はおかしくなってしまって』

『旦那さまがメアリお嬢さまの誕生祝いに作らせた銀の指貫と、宝石やら金目の物をいくつか盗んで、逃げたんですよ。メアリお嬢さまをひっさらってね』

『アメリカにでも渡ったんじゃないかって言ってたんですよ。それが、ロンドンにいただなんて！　よくも今まで隠れおおせたものですよ。もっとも下町じゃ未婚の母なんてめずらしくもなし、その日暮らしの人たちばっかで他人のことなんか気にしちゃいないんでしょうけど』

以前からこの話を知っていたウィルソン牧師が、メアリのネックレスに気づき伯爵家に知らせに来たあと、ハートレイ卿は、メアリの身辺を調べさせたそうだ。

メアリの住んでいた下宿屋におもむき、メアリが母ひとり子ひとりであったこと、その母が死亡していることを聞きだし、役所の死亡登録簿まで確認した。

死亡登録の名前は、アイリーン・スクワイヤだった。

そんな話を聞いて、メアリは頭がくらくらした。

アイリーン・スクワイヤ――指貫――メアリ。

ボタンがかけ違えられてしまったのだ。

人違いだ、と、言おうとした。

けれどメアリの喉はひりひりして、どうしても声が出なかった。

メアリはあたたかな湯で垢《あか》も埃《ほこり》も泥もきれいに落とされ、とろけるような肌触りの部屋着を着せられ、目にしたこともないようなごちそうを食べ、ベッド・ウォーマーであたためられたふかふかのベッドで眠った。ベッドのぬくもりは、メアリのしもやけの足をやんわりとあたためてくれた。

それらすべてが、メアリの喉をふさいだ。

「……メ、メ、メアリ」

窓に映る自分の姿に、メアリは彼女の面影を探そうとする。

あの子はこんな暗い色の目をしていなかった。もっと輝くような髪をしていた。

――すこしも似ていない。

い、メアリは怒っているだろうか？　本当なら彼女がいるべき場所に、わたしがおさまっていることに。

「……でも、あなたは死んじゃったんだもの」

つぶやいてから、メアリは自分の言葉にぞっとした。思わず両手で顔を覆い、うずくまる。ごめんなさい、とくり返す。

身にまとうものすべてが豊かになっていくのとうらはらに、自分自身はどんどんあさましく、罪深くなっていくような気がした。

＊

「メアリお嬢さまに、レディ・チャーチルから招待状が届いております」

執事がそう言って招待状を持ってきたとき、メアリはまたしても記憶を総動員しなくてはならなかった。

「レ……レディ・チャーチル……というと」

「ニコラス・チャーチル准男爵の奥さまでございます、お嬢さま。サー・ニコラスはインド藍輸入業の実業家でいらっしゃいましたが、昨年、船の事故でお亡くなりに」

灰色の口ひげを動かし、よどみなく執事は答えた。彼は四年前、メアリを迎えにきた執事だ。

「あ、わかったわ。チャーチル夫人って、とても若い奥さまだったかたでしょう」

「たいへん美しいと評判のご夫人ですわね」

メアリのかたわらに立っていた家庭教師のロジーナがつけたす。「それに、とても恋多きかただとか。まだ夫君の喪も明けておりませんのに」

コホン、と執事は咳払いする。

「いかがなさいますか？」

「お母さまはなんて？」

「メアリお嬢さまのお好きなように、と」

メアリはすこし首をかたむけた。

「お会いしたこともないのに、どうして急にわたしを招待なんてするのかしら」

けげんに思いながら、執事の持つ盆から招待状をとりあげる。と、そのあいだから緑のものがすべり落ちた。メアリはとっさにそれを靴でぱっと隠してしまった。

「お断りなさいますか？」

「ううん！　行くわ。行きます。お母さまにもそう伝えて」

執事が部屋を退出してから、そっと足をのける。落ちていたのは、羊歯の葉だった。

「チャーチル夫人にお会いするのですって?」

執事が出ていってまもなく、ジュリアがメアリの部屋へとやってきた。着ていくドレスを選ぶためだ。

「チャーチル夫人は服喪中でおさびしいのでしょうね。お話し相手になってさしあげるといいわ」

愛娘《まなむすめ》を着飾らせる機会ができて、ジュリアはうきうきしているようだった。夫人づきのレディーズメイドが、持ってきたドレスをソファに広げる。初めて見るドレスだ。

「お母さま、また新しいドレスを仕立てたの? 一度しか袖を通してないドレスだってまだたくさんあるのに」

戸惑うメアリに、ジュリアはおっとりとほほえむ。

「あら、だってかわいいでしょう? このピンク、あなたによく似合うと思うの」

——そういうことじゃなくって……。

メアリには、こんな贅沢なドレス、分不相応なのだ。

「このドレスは気に入らない？　かわいいと思ったのだけど……」

ジュリアの顔がたちまち悲しげになり、メアリはあわてた。

「か、かわいいわ！　とてもすてきよ。ただ、前に作ったドレスもあるし、もったいないと思ったの」

「あなたにはたくさんきれいなドレスを着せてあげたいの。まだまだ足りないくらいだわ」

ジュリアがメアリの頬をなでる。メアリは胸がちくんと痛んだ。

——本当は、この愛情を受けていいのはわたしじゃないのに。

ジュリアの愛情に触れるたび、メアリの胸はくすぐったいようなぬくもりに包まれるけれど、同時にうしろめたさでいっぱいになるのだ。

「髪を編みこんで、ボンネットは水色のものにしましょうね、ピンクのリボンがついているでしょう。コートは濃紺がいいわ。ブローチはなににしましょう。薔薇のカメオがいいかしら。それとも勿忘草《わすれなぐさ》の銀細工《ぎんざいく》のものがいいかしら」

淡いピンクのドレスは、絵本《トイ・ブック》に描かれる妖精の衣のようにふわふわとしていた。

喉もとから胸にかけてをレースのフリルが覆い、胸にも肩にもリボンの飾りがついている。たっぷりと襞《ひだ》をとったスカートは下に薔薇の刺繍が入ったスカートを重ね、ふっくらとふくらんでいた。

メアリは砂糖がけのチェリー・ケーキを思い浮かべる。頭が痛くなるほどの甘い甘いケーキ。

メアリは知っている。

ジュリアは本当は、エプロンドレスのような、子どもが着るドレスを着せたいのだ。裾をもっと短くし、リネンのパンタレットをのぞかせ、コルセットもクリノリンもつけず。

本当なら彼女がそばにいるはずだった、赤ん坊から十二歳までの、失われた子ども時代をとり戻すために。

「あなたにはピンクが似合うわ、本当に」

手ずからボンネットのリボンを結び、形を整え、ジュリアは満ち足りた笑みを浮かべる。

花飾りを並べたレースたっぷりのボンネットは、やはり子どもじみていた。

『温室《コンサヴァトリー》で変わった花を育てているので、見にいらっしゃいませんか』

チャーチル夫人の招待状には、そう書かれてあった。

チャーチル准男爵家の屋敷は、手もと不如意になった貴族から買いとって改築したものだそうだ。美しい花が大好きな夫人のために作らせた温室はガラス張りの豪華なもので、中では常時、色とりどりの花が咲いているのだという。

「夫人がお好きなのは花だけではございませんわ。美しいものはなんでも手に入れたがる性分で、とくに美しい青年には目がないのだとか」

従僕に案内されて温室へ向かう道すがら、つきそいの家庭教師ロジーナがこっそりと耳打ちする。従僕に聞こえているのでは、とメアリはひやひやした。

水晶宮《すいしょうきゅう》のごときガラスの温室の前には、迷路かと思うような具合で庭木が植えられている。まるで温室に向かう者を阻んでいるかのようだ。

四角く刈りこまれた庭木のあいだを進んでいくと、温室の扉の前に、背の高いひとりの貴婦人がたたずんでいた。

彼女が目配せすると従僕が一礼して立ち去ったので、メアリはてっきり彼女がチャーチル夫人なのだと思った。

だが、あいさつをしようと口を開いたメアリを彼女は手で制止して、

「どうぞ、中でチャーチル夫人がお待ちですわ」

と扉をしめした。しっとりとしたアルトのいい声だ。

声とおなじく容貌も見とれるほど美しい人だった。

淡い金色の髪に陶器のような肌、透き通った空色の瞳は憂うようにややふせられている。

白い羊毛のコートからのぞくドレスは目の覚めるような澄んだブルーで、彼女によく似合っていた。そもそも、チャーチル夫人なら服喪中なのだから、こんなドレスを着ているわけもない。侍女でもあるまい。何者だろう。

どこかで会ったことがある気がする、とメアリはちらちらと彼女の顔をうかがう。これほど美しい人なら、おぼえていそうなものだが、名前が出てこない。けれど、たしかに会ったことがあるはずだ。

どうしよう。名前を尋ねたら失礼だろうか。

メアリが迷っているうちに彼女は扉を開けて、入るよううながしてくる。尋ねる機会を逃して、メアリはもやもやしたまま温室の中へと足を踏み入れた。

「わ、暑い……」

中へ入った瞬間、メアリは思わずそうもらした。

むっとするほどの熱気があたりに充満している。

温室はハートレイ伯爵家にもあるが、もっとやわらかなぬくもりの、こぢんまりとした煉瓦《れんが》造りの建物だ。半球状の天井まで一面ガラス張りのこの温室は、館と呼んでいいほどの建物で、大きな暖炉では石炭があかあかと燃え盛っていた。

メアリはコートのボタンに手をかける。ロジーナがうしろから脱がせてくれた。

「変わったお花がたくさんございますでしょう？」

貴婦人の言葉に、メアリも室内を見まわしてみた。温室の中は、このところ流行の濃く派手な原色であふれていた。

「南国のお花なのですって。びっくりするような色ですわね」

「ええ……、目がちかちかします」

メアリは目をぱちぱちさせる。

どれも名前も知らない、初めて見る植物ばかりだった。

肉厚な緑の葉に、黄色や赤の大ぶりの花。

先のとがった橙色の花を、互い違いにつけた植物。

メアリの顔よりも大きな赤紫の花は、とくに毒々しい。触れたらしびれるか、ぱっくりと食べられてしまうのではないかと思った。

こわごわ花を眺めているメアリに、貴婦人は優雅にほほえむ。

「この奥にお茶の用意をしてありますから、どうぞお進みになって。つきそいのかたはわたくしとこちらへ」

ロジーナはすこし躊躇《ちゅうちょ》したが、メアリがうなずくと、貴婦人とともに反対方向に据えられた長椅子に向かって歩いていった。

——なんだか、変なところ。たしかに変わった花ばかりだわ。

メアリはそろりそろりと歩きながら、どぎつい色をした花々を観賞する。

無意識のうちに、羊歯を探していたことに気づいた。

『近いうちに使いを出すから』

彼もここにいるのだろうか？　あの羊歯の葉は、そういう意味なのだろうか。

気が重くなって、メアリはうなだれた。羊歯の葉ががっちりと体にからみついて、動けなくなった気分だ。

「……ら、まったく……」

女の人の笑い声が聞こえて、メアリははたと足をとめる。

声はとても楽しげで、ピアノの一番右端のキィをたたいたときのような、すこんと高い音だった。

温室は入り口の広間といくつかの小さな部屋とを組み合わせたつくりになっていて、広間と部屋とが細い通路でつながっている。その通路をふさぐようにして両端に南国の植物が育っているものだから、通りにくくてしかたがない。メアリはドレスをすこし持ちあげ、体をひねって奥の部屋へと向かった。

笑い声はときどき途切れながらもつづいている。

内緒話をするときのような声でなにごとかを言い、笑う。女性がひとりでないことは明白だった。

「いいや、ジョセフィーン、スミレの花はすぐにしおれてしまうけど、南国のプルメリアは摘んだあとも瑞々《みずみず》しい。君とおなじさ。虚弱な若い娘より君のほうがずっと美しくて飽きないよ」

首のうしろがむずがゆくなるようなそんな言葉とともに、ようやく通路を抜けだしたメアリが目にしたのは、この暑い中、体を密着させている男女だった。

「まあ、どなた!?」

甲高い声の女性があわてて男から離れ、乱れた襟もとを直す。三十路《みそじ》をひとつふたつすぎたくらいの美女だ。ここの花のように真っ赤な口紅が唇からはみだしていた。こんな真っ赤な口紅をつける上流階級の女性を、メアリは初めて見た。

対する男は動揺した風もなく、メアリを一瞥《いちべつ》して「思ったより早かったな」と言った。

彼ははめていた手袋をはずし、無造作にポケットにつっこむ。先ほどそれで口をぬぐったのを、メアリはちゃんと見ていた。それが赤々と汚れていたのも。

「あなたが呼んだ子なの、ジョシュア？」

そう詰問する女性は真っ赤な唇に不釣り合いな黒絹のドレスを着ている。ならばこれがチャーチル夫人だ。

ジョシュアは先ほど彼女にささやいていた甘い口調とは打って変わったひどく平板な声で、「ああ」と答えた。ゆるんでいた襟もとを直している。フロックコートはかたわらの椅子にかけられていた。

「どうしてそんな……」

「内密で用事があってね。うちに呼ぶとまたどんな噂を立てられるかわかったものじゃないし」

「あたくしをだしにしたの？」

「この子はそういうんじゃない」

めんどうくさそうに言い捨てて、ジョシュアはちょいちょいとメアリを手招きする。まるで犬か猫でも呼ぶみたいだ。

メアリは正直、今のジョシュアに近づきたくなかった。ここまでただよってくる夫人の強い香水のにおいが、彼の襟にしっかりと染みついていそうで。

憮然《ぶぜん》として動こうとしないメアリに、ジョシュアはじれた様子もなく大股で歩みよった。

体が触れるほどそばまで来ると、ちら、とうしろを見やり、

「彼女なんだ。前に言ったろう、ある人の記憶を消してほしいって」

とすばやくささやいた。

メアリは身をひきながら夫人と彼とを見比べる。「それって」

「彼女の中の俺の記憶を消してほしいってことだ」

メアリは黙りこむ。それってつまり。

「美人なんだが、この温室とおなじく情熱的な人でね。ちょっと困ってるんだよ、火遊びが火事に変わってしまってさ」

しれっとした顔で話すジョシュアに、メアリはあきれた。

――そんなことで。

メアリは憤然とした思いでジョシュアをにらみあげる。

「ご自分の恋の始末くらい、ご自分でなさってください」

「それがめんどうだから君に相談してるんだろ。さっさとやってくれ、親にばらされたいのか？」

「あ、あなたのは相談じゃなくって脅迫です！」

こそこそと言い合うふたりに、「ちょっと！」と夫人が声をはりあげた。

「ふたりしてなにを話しているのよ！　ジョシュア、どういうこと!?」

ぐい、とジョシュアはメアリを押しだした。

「えっ……ちょ、ちょっとあの」

夫人は目の前に突きだされたメアリをじろっとねめつける。

「ずいぶん若い子じゃない。いつから趣味が変わったのかしら？」

「だから、この子はそういうんじゃない。くどいな」

まるでとりあわないジョシュアに、夫人はいらだちの矛先をメアリに向ける。

「あなた、いったいジョシュアのなんなの？　どちらのお嬢さん？　召使いもつれずに」

「わ……わたしは、メアリ——メアリ・シーモアです」

夫人の迫力に呑《の》まれるがまま名乗ると、背後でジョシュアが「馬鹿」とつぶやいて舌打ちするのが聞こえた。

馬鹿って！　とメアリがふり向く前に、夫人はおおげさに眉をあげて、甲高い声を出した。

「まああ！　じゃあ、あなたがあの有名なレディ・メアリ・シーモアでしたの」

夫人はメアリを値踏みするように上から下まで眺めて、口紅のはみでた唇をつりあげる。

それはちょうど『獲物を見つけた』と言わんばかりの笑みだったので、メアリはぞくりと身をすくめた。

「一度お会いしたいと思ってましたのよ。有名人ですものね。あなたって、お噂じゃずいぶん素朴なかたなんですって？　マナーをおぼえるのはたいへんでしょう？　ああ、でもご苦労はこれまでたっぷりなさっているから、それくらい簡単かしら。ドレスを着てお辞儀をしていればいいんですものね。裸足でロンドンの路地裏を歩くよりずっと楽でしょうね？」

矢継ぎ早に浴びせかけられた言葉に、メアリは顔をこわばらせ、硬直した。

こういう言葉に出合うと、メアリはいつでも固まることしかできなくなる。上流階級特有の、やわらかいようでいて鋭く冷たいとげ。甘いクリームだと言われて口に入れたら、中にはガラスの破片が入っている。ひどく侮辱されていることだけはわかるのに、親切めいた言葉に隠されているから、どう返していいのかわからない。

「いいかげんにしろ」

温室の中にいてさえぞくりと震えるような、冷え冷えとした声が響いた。ジョシュアの声だった。

「猫がねずみを爪にひっかけてなぶっているようでぞっとする。俺はそういうのが大きらいなんだ」

ジョシュアが体をずらし、メアリの前に出る。上質なグレーのウエストコートがメアリの視界を覆った。

「あんたたちは自分より弱いとみると、いつだってそうやってネチネチと遠まわしに攻撃してくる。底意地が悪いったらないな。よくもまあそう口がまわるもんだ、聞いてるだけでむかむかしてくる」

このうえなく乱暴で、冷たい口調だった。夫人の顔が怒りのために青ざめている。

「ジョシュア……！　なんて口をきくの。下町のごろつきみたいよ！」

「あんたたには似合いなんじゃないか」

「なんですって！　ジョシュア、あたくしを侮辱するなら許さないわよ」

「許さない？　あんたが？　俺を？」

ジョシュアがうすく笑うのが気配でわかった。

「考え違いも甚だしい」

冷たく硬質な声音だった。ロンドンの冬、濃い霧に足の指が凍えきったときのような、頭の芯までじんとしびれるような冷たさ。

夫人は気圧《けお》されたように押し黙ったが、すぐに甲高い声で叫んだ。

「……なによ、えらそうに！　あたくしの友人には公爵夫人だっているのよ。公爵にあなたがどれだけ紳士にふさわしくない男だか訴えて、社交界にいられなくしてやるから！」

夫人の言葉を、ジョシュアは鼻で笑う。夫人の顔がますます険悪なものになっていって、メアリははらはらした。

——どうしよう……

このままほうっておいたら、夫人は本当に、彼を社交界から追放しようとするのではないだろうか？

メアリは、目の前にあるジョシュアの背中を見つめる。

広い背中は、盾のようだった。

たぶん、今、彼はメアリをかばっている——のではないのか？

「おぼえてらっしゃい、思い知らせてやるわ！」

捨《す》て台詞《ぜりふ》とともに通路に向かおうとした夫人の前に、メアリは気づくと飛びだしていた。

「どきなさい！」

「待ってください、チャーチル夫人」

その手をとらえ、メアリは彼女の顔をのぞきこんだ。

大きなこげ茶色の瞳が驚いたように見開かれる。

その瞳をメアリはじっと見つめた。穴があくほど。虹彩《こうさい》の細かな模様までなぞるようにじっと。

次第にメアリの目が熱を帯びはじめ、じんわりと涙が膜をはる。瞳がヘーゼル色に変わっていく。

「忘れてください。今起こったことも、ラヴィントンさまとの恋のことも」

夫人の瞳がヘーゼルの色を映す。真っ赤な唇が震え、ぼんやりと目の焦点が合わなくなった。

メアリはそっと手を離す。ふらりと夫人の体が揺れたのを、ジョシュアが横から支えた。

そのままそばの椅子に座らせ、テーブルにもたせかける。夫人はしばらくしてからのろのろと体を起こした。

「あら？　あたくしどうして……まあ、ラヴィントンさま！」

「大丈夫ですか？　この暑さにぼんやりなさったようですが」

ごく丁寧な口ぶりで、ジョシュアはほほえんでいる。先ほどの冷たい声音が嘘のようだ。

「え？　ええ、そうですわね、ここは暑くて。ラヴィントンさまは、どうしてここに？　いつからいらしたのかしら、あたくし頭がぼんやりしていて……」

「つい今しがたですよ。近くまで来たものですから、以前奥さまがおっしゃっていた温室を見せていただこうかと。お誘いくださっていたでしょう？」

夫人は困惑顔で頬をさすっている。「ええ……ええ、そうですわね。お誘いしてましたわ」

それからメアリのほうへ目を向け、いっそうけげんな顔になる。

「そちらは、ラヴィントンさまのおつれのかたですの？」

さっきまでのことを忘れてしまったおかげで、メアリがだれかも忘れたらしい。

夫人の問いに、一瞬、ジョシュアの目が思案するように泳いだ。が、すぐに笑みを作り直す。

「ええ、私の婚約者なんです」

ぎょっとしたメアリが口を開く前に、ジョシュアは肩を抱きよせるふりをしてぎゅっと力をこめた。話を合わせろ、ということだろう。

「あら、婚約されましたの？　それは残念ですわ……」

恋心は忘れても、さすがは美しいものに目がない夫人らしく、惜しそうな視線をジョシュアに投げている。

「どちらのお嬢さまでいらっしゃいますの？　お見かけしたところ、まだ社交界デビューなさっていないかたのようですけれど」

メアリの結いあげずにおろした髪と、地面に届かない丈のスカートを見て夫人は言う。

「ええ、そうなんです。実は婚約のことはまだ秘密で。奥さまもこのことは内密にしていただきたいのですが」

ジョシュアは如才なくそう言って、メアリに名乗らせなかった。

夫人は「もちろんですわ」と請け合ったが、おとなしく黙っているタイプには見えない。またいらぬ噂が増えるのではないだろうか。

「では私たちはこれで。ああ、どうぞそのままで。案内は結構ですよ。おおげさにされてしまうと、ほら、困ってしまいますから」

ジョシュアは椅子からコートをとりあげると、まだおしゃべりしたそうな夫人を残し、メアリを通路へ押しだした。

「どうして婚約者だなんて」

通路は狭く、ひとりずつしか通れない。前を行くジョシュアに声をひそめて尋ねれば、彼はあっけらかんとした調子で言いはなった。

「そう言っておけば、おいそれとまた俺の恋人になろうなんて思わないだろ」

それって自意識過剰なんじゃないかしら。

とつぶやきそうになるのをすんでのところでこらえる。が、ジョシュアは見抜いたようにふり返り、じろりとメアリを見おろした。

「それより君」

「なんでしょう」

「君は馬鹿なのか？　ああも馬鹿正直に名乗るなんてどうかしてる。自分が社交界でどう言われてるか知ってたら予想できるだろう、それを材料に相手が攻撃してくることぐらい。弱みを見せるな。つけこまれる。ああいうときはてきとうな偽名を使えばいいんだ」

――これで三回も『馬鹿』って言われたわ。

メアリはむっとする。

「てきとうな偽名なんて、ふつうは思い浮かびません」

「そうか？　俺は常時三つは用意してるが」

「そういうの、ふつうって言わないと思うんです」

ふん、とジョシュアは鼻を鳴らす。彼の背中を見あげ、メアリは複雑な心境になる。

この人が、チャーチル夫人の言葉に腹を立ててるような人だろうか。

「あの」

メアリが声をかけると、ジョシュアはちらりと視線だけよこした。

「さっき、どうしてあんなにチャーチル夫人の言葉に怒ったんですか？」

「理由なら言ったろ。俺はおなじことを二度言うのはきらいだ」

「……」

それならばべつに強《し》いて訊くこともない、とメアリは黙りこむ。ジョシュアはつと立ちどまり、めんどうくさそうにふり向いた。

「だから、ああいうネチネチといびるような物言いがきらいなんだ」

「はあ……そうなんですか」

「訊いておいてなんなんだ、興味なさそうだな」

「そういうわけじゃ……」

なんだか言いがかりをつけられているようでメアリは困った。

「ええと、あの、だから……ありがとうございました」

そう言うと、ジョシュアは虚をつかれたように固まった。

「――は？」

「だから、あの、チャーチル夫人からかばってくださって」

「べつに君のためにしたわけじゃない。ああいうのがきらいなだけだ」

「それは、わかってます。そういうことじゃなくて、たんに、わたしが……お礼を言いたかっただけです」

あの、上流階級特有のやんわりとした、それでいてとても鋭いとげ。あれにメアリはこれまでなんども胸を突き刺されてきた。胸を刺されると、いつも、息ができなくなる。けれど、ジョシュアの背中が夫人の視線をさえぎり、メアリはふっと呼吸が楽になった気がした。

そんな気持ちをジョシュアに説明しても、きっと理解してもらえないだろう。うまく答えられずに目をあげると、ジョシュアの鳶色の瞳とぶつかった。

ジョシュアの瞳は、情がうすそうでいて、情熱的なような、不思議な深みのある色をしている。

じっと瞳を見つめていると、ふいにジョシュアの手が伸びてきて、鼻をむぎゅっとつままれた。

「!? なっ、なにす……っ」

「そんな目をするな」

「え？」

ぱっとジョシュアが手を離した。メアリは鼻を押さえる。男の人に鼻をつままれるなんて初めてのことだ。おそらくこれから先だってないに違いない。顔がかあっと熱くなった。

メアリはジョシュアをにらみあげる。彼はふんと笑って、

「そうだ、礼なら俺も言わなきゃならない。今回は助かったよ」

そうしてくるりと背を向け、軽く手をふった。

「また頼む」

その言葉に、メアリはぽかんとする。

「――え!?」

また頼むって。

――チャーチル夫人だけじゃないの？

まだ清算しなくてはならないめんどうごとが――おそらくは恋愛関係の――あるということなのか。

てっきりこれきりだと思っていたメアリは、めまいをおぼえて頭を抱えた。

「まさかあんなところで〈羊歯伯爵〉とお会いするとは思いませんでしたわ。噂通り、ちょっと変わったおかたですわね。メアリお嬢さま、ごらんになりまして？　手袋もしないで。それにあのステッキ！　握りまで羊歯模様でしたわ」

帰りの馬車の中で、ロジーナが興奮気味にしゃべっている。

あれからジョシュアは、待っていた金髪の貴婦人をともない帰っていった。貴婦人はジョシュアの連れだったのだ。

「あの金髪のご婦人は恋人なのかしら？　とてもきれいな空色の瞳をしてらっしゃいましたわ。あら、でもラヴィントンさまはチャーチル夫人とお会いになっていたんでしょう？　どういうことかしら」

「チャーチル夫人とはわたしも会っていたのよ、ローズ」

「なんだか妙なとりあわせですこと。夫人と羊歯伯爵とお嬢さま。お話、合いまして？」

ケンカになった、とは言えない。

「合ってなくもなかったんじゃないかと思うの」

「合わなかったんですのね」

言下に決めつけて、ロジーナはホホホと笑う。メアリもつられて笑った。

彼女、ロジーナ・グリーンは気のいい女性だ。

メアリの家庭教師になったのは半年ほど前のことだが、前の家庭教師よりも気さくで接しやすかった。メアリが彼女をローズと呼ぶのも、気安さのあらわれだ。植物《グリーン》なのだから薔薇《ローズ》がいいと、メアリが提案した愛称だった。

家庭教師がたいていそうであるように、ロジーナもまた家が零落して働かざるを得なくなった貴婦人である。身のこなしはさすがに美しく上品だったが、気どったところがないうえ、ゴシップ好きだった。鈍色《にびいろ》の瞳を持つ目はくるくるとよく表情を変え、髪は彼女の陽気さを表すかのように明るい赤毛だ。

「それにしても、お美しいかたでしたわ、ラヴィントンさま。ね、お嬢さま？」

「……そうかしら」

メアリは指で鼻の先をこする。

「どうなさいましたの、そんなにむくれて。ラヴィントンさまがなにか失礼なことでも？」

鼻をつままれたと言うのはなんとなく恥ずかしくて、メアリは黙っている。

ロジーナが興味津々の目をして身を乗りだした。

「ひょっとして、口説かれたりなさいましたの？」

「くどっ……まさか！」

ゴシップ好きのロジーナはときどき物言いが直接的だ。

「さすがにラヴィントンさまといえど、そこはわきまえてらっしゃいますわよね。結婚前どころかデビュー前の令嬢に手を出したなんてことになったら、ただじゃすみませんもの」

「結婚後ならいいっていうのも、変な話だと思うけど……」

上流階級では既婚者が公然の秘密として恋人を持つのはめずらしくもないのだと、メアリはロジーナから教わった（おそらく教わるべきことではないのだろうが）。夫は妻に愛人がいても見て見ぬふりをするのが紳士だとされるというのだから、メアリにはわけがわからない。

「ラヴィントンさまの恋人は上流階級から中流階級まで幅広いとお聞きしますわ。飽きるとたんに冷たくなるので泣かされた女性は数知れず。それでも恋人がいないときがないのですって。あのちょっと危うい感じがご婦人がたの心をくすぐるのかしら。——ですけど、あのかた女優とだけは浮名を流したことはありませんのよ」

「どうして？　女優がきらいなの？」

ロジーナは意味深な笑みを浮かべる。

「ラヴィントンさまのお母さまは、女優でしたの。サラ・アダムス、王立劇場の看板女優。それはそれは人気の役者さんだったのですけれど——」

女優——メアリはいやおうなしに思い起こされる。メアリも女優になりたいと言っていた。王立劇場と場末の一ペニー劇場とでは、比べるべくもないが。

「――そうは言っても下町生まれの庶民ですから、社交界の風あたりは強かったんですわ。それで先代ご夫妻はだいぶご苦労なさったみたいですの。先代は奥さまの社交界デビューのために女王陛下に拝謁を申しこまれたのですけど、つっぱねられたそうですわ。女王陛下は、ほら、身持ちの悪い女性がおきらいでしょう？　サラさまがどうだったか知りませんが、とかく女優なんて何かととりざたされる商売ですものね。当時は演劇は不道徳だと思われてましたし」

ロジーナはすらすらと、まるで見てきたかのようにしゃべる。

「社交界でも、ずいぶんいやがらせがあったそうですわ。先代ご自身は由緒正しき伯爵さまですから、社交界でもおいそれとひどい扱いはされませんけど、奥さまに対しては……。パーティーに先代だけ招待して奥さまは招待しなかったり、さんざん。称号だって、どなたも『レディ・ラヴィントン』とはお呼びにならなかったといいますわ。いやな世界ですこと」

そんないきさつがあるから、ジョシュアは女優を恋人にすることはないのだろう、とロジーナは言うのだ。

メアリはため息をついた。ラヴィントン卿夫人が受けたであろう仕打ちがどんなものだったか、メアリには容易に想像できた。

——だから、さっきかばってくれたのかしら。

ああいうのがきらいなのだと、簡潔に言っていたけれど、母親がそうした言葉で傷つけられてきたからだろうか。

ロジーナの話はまだつづいている。

「ですけど、それがかえってラヴィントンさまをひきたてているのかもしれませんわ。それに、ラヴィントンさまは十二歳のときに先代が亡くなって、その喪も明けないうちにお母さまがお亡くなりになったでしょう。それもあいまってか、どこか影のあるかたですわね」

影？　影というより、毒だと思う。

メアリは手のひらを見つめた。手袋は新しく、羊歯の染みはもうついていない。けれど、あのときついた染みは肌のずっと奥のほうまで染みこんでいるのではないかと思った。

ロジーナがそんなメアリを眺め、ふわりと笑う。

「お嬢さま。ラヴィントンさまは、いけませんわよ」

え、とメアリは顔をあげる。

「あのかたは女性をしあわせにするタイプのかたじゃございませんわ。ご本人にその気がなくとも、ふりまわされるだけふりまわされて、疲れておしまい。およしになったほうがようございます」

「な、なにを言うの、ローズ。どうしてわたしにそんなこと言うの」

メアリはうろたえた。急に鼓動が速くなる。

「ひょっとして、お嬢さまがラヴィントンさまに惹《ひ》かれているのではないかと思って」

「まさか！」

ありえない——そんなことは、ありえない。なにせ、メアリは彼に脅されているのだから！

妙に赤くなった顔をぶんぶんふって否定するメアリに、ロジーナは肩をすくめる。

「それならよろしいのですけど。あのかたのお話はもうやめにしましょうか。そうそう、お嬢さま、今ロンドンで話題になっている事件をご存じ？」

そう言ってロジーナは座席のクッションのうしろから新聞をひっぱりだしてきた。

メアリは見出しを読みあげる。

「『またもや〈黒つぐみ〉事件』——？」

「ロンドンは今この話題で持ちきりですわ。〈黒つぐみ〉。現場に黒つぐみの絵を残していくから、そう呼ばれているんですの」

「現場って？」

「殺人現場ですわ」

物騒な言葉にメアリはぎょっとした。

「先日はランカシャーの紡績工場の工場主が殺されましたの。その前は下院議員。工場主は、ひどいんですのよ、とても劣悪な環境で労働者を働かせていたのですって。工場法なんておかまいなし、小さな子どもまで働かせていたっていうんですの。議員のほうは、選挙法改正に反対していた議員で——」

「せ、選挙……？」

「労働者へ投票権を拡大しようという動きがあるんですわ。去年大がかりなデモがございましたでしょう」

メアリは首をかしげる。むずかしい話はよくわからない。

「まあ、とにかく、そういう人たちが殺される事件がつづいているのですわ」

「どうして？」

今度はロジーナが首をかしげた。

「さあ。そこまではわかりかねますけれど、〈黒つぐみ〉はそういう人たちを殺して、生前の悪事を書きつらねた声明文を残していくんですわ。〈黒つぐみ〉を労働者の味方の、革命家だって言う人もおりますわね。今では彼らに同調して、暴動を起こす労働者もいるくらい。四十年代のあわや革命か、というような労働運動がよみがえったようう——といってもわたくしだってそのころはまだほんの幼児でしたけれど」

なんだかきなくさい世相になってまいりましたわねえ、とロジーナは笑った。

「ですけど、今回の事件はちょっと今までと違ってますわね。殺されたのは牧師ですって。労働者とはあまり関係がなさそうですのに」

——牧師？

メアリは新聞に目を通す。この四年間で、読み書きは不自由なくできるようになった。

『またもや〈黒つぐみ〉事件——先週火曜日、〈黒つぐみ〉による殺人事件がまたしても起こった。被害者はクレメント・ウィルソン牧師。ウィルソン牧師は教会裏手にある自宅の階段からつき落とされ、殺されたと見られている。現場には黒つぐみの絵と牧師の悪事を告発する声明文が残されており、それによれば牧師は教会への寄付金を横領していたという。このほか床には〈がちょうの歌〉が被害者の血によって書かれており、警察では一連の〈黒つぐみ〉事件として捜査を行っている』——

「そうそう、現場には絵のほかに、歌も残されているんですわ。多くがマザーグースの歌ですわね。黒つぐみだってそうですし」

横から新聞をのぞきこんだロジーナが言う。

「ガア、ガア、がちょうさん

ぶらぶらどこへ？

上へ、下へ、レディのお部屋へ

そこで会ったおじいさん
お祈りもろくにしない
だから その足くわえて
階段の下へポイ！」

ロジーナが口ずさむ。マザーグースの童謡だ。

「『お祈りもろくにしない』不心得な牧師だから『階段の下へポイ！』、ということですかしら。——メアリお嬢さま？ どうかなさいましたの？」

メアリはまばたきも忘れて新聞の文字に見入っていた。

クレメント・ウィルソン牧師。

——あの牧師だ。わたしのことをハートレイ伯爵家に知らせた牧師。

それがどうして？

『ウィルソン牧師をおぼえていますか？』

人形遣いを、メアリは思いだす。

あの人形遣いは、なぜあのとき、ウィルソン牧師の名前を出したのだろう？ なにも関係がないのだろうか？

あの人形遣いは、けっきょく何者だったのだ？

なぜ牧師は殺された？

——あのことと、なにか関係があるの？

メアリは胸の中に、なにかうすい暗い霧が立ちこめてくるように感じた。

クレメント・ウィルソン牧師とは、メアリが伯爵家にひきとられて半年後の初夏、セント・ジェイムズ・パークを歩いているとき、再会した。

というより、彼はメアリに話しかけるため、待ちぶせていたのだろう。

『最近は歳《とし》のせいか、昔のことがひどく懐かしくなってきて』

言うほど年老いてもいないのに、そう言って牧師は眼鏡《めがね》の奥の小さな目を細めた。

『昔の話をしませんか。ドルアリーレーンのころの、メアリさんの話を』

メアリはつきそっていた家庭教師を帰らせて、彼と並んでベンチに座った。

『半年たてばもういい頃合いだと思ったんですよ』

彼はあくまで牧師らしく、どんな人に対しても子どもをあやすようなあのやさしげな口ぶりで、そして半年前よりもずっと慇懃《いんぎん》な言葉遣いで、話しだした。

『半年前のあのとき、私がなにをしたか、あなたはきっとご存じないでしょうね。あなたのことをハートレイ卿に知らせたあと、あの家の執事はあなたのことをあれこれ調べあげた。調査に協力したのは私です。わかりますか？』

メアリは自分がどんな反応を返したのだか、おぼえていない。ただ、公園の芝生の上で、子どもたちが転げまわって遊んでいたのをおぼえている。

牧師は子守唄を歌うように、気味が悪いほどやさしい声音でしゃべっていた。

『不思議に思いませんでしたか？　きちんと調査したなら、人違いだとすぐにわかるはずだ。あのとき死んだ少女こそがメアリ・スクワイヤ、つまりはレディ・メアリ・シーモアだと。役所の死亡登録簿に名前が残っているのだから。けれど、だれも間違いに気づかなかった。名前がおなじ〈メアリ〉だったあなたを、伯爵家のメアリだと勘違いしたままだった。なぜだかわかりますか？　──私が、死亡登録簿に細工したからですよ』

そこで、牧師の声はうわずった。彼は、どこか得意げだった。

『メアリなんていうのはよくある名前だ。死んだ少女の名前がメアリだったところで、どうってことはない。けれど、姓はね。私は役所の登録官に都合してもらって、死亡者の姓を書き換えました』

むろん、と彼はもったいぶってつけたした。『ただではありませんでしたよ』

メアリは、悲鳴のような声をあげた。

『あたしはそんなこと、頼んでなんかいません』

そのころはまだ、上流英語をうまく使えずにいた。今でも使いこなせていないけれど。

『ええ、頼まれてなどおりませんとも。私が勝手にしたことですよ。でも、それでどうなりました？　生者と死者を入れ替えて、あなたはめでたく伯爵令嬢におさまったじゃありませんか！　伯爵家の血なんて一滴も混じっていない、ただの花売り娘が！』

牧師はそこでぺろりと唇をなめた。そのあさましい顔に、メアリはぞっとした。だが、そんなことを思う資格が自分にあるだろうか、のうのうと伯爵家におさまっている自分に――。

けれど、どれだけあさましくとも、メアリは人違いだと告白する勇気が出ないのだった。あのあたたかな家を、自ら出る勇気がないのだ。

あのやわらかなベッドを知ってしまったら、もう、冷たく湿ったベッドには戻れない。伯爵夫妻は親鳥が雛《ひな》をいつくしむようにあたたかくメアリを包みこみ、メアリはもはやそのぬくもりを離れて生きていける気がしなかった。

あの家を、あのぬくもりを、メアリは失いたくない。

『お願いだから、あたしのことはもう、ほうっておいてください』

メアリは懇願した。牧師にとりすがり、その目を見つめ、必死に願った。

――あたしのことなんて、忘れて。忘れてしまって。お願いだから。

メアリの目が熱くなった。涙だろうか、と思ったが、このときのメアリはすこしも泣いてなんかいなかった。ただ、必死なだけだった。

そのとき、メアリの手をふり払おうとしていた牧師の目が、不思議な色を帯びはじめた。ヘーゼル色がちらつき、ゆっくりと濃さを増し、もとの色に混ざりはじめる。じわじわと水にインクがにじむようにその色は広がり、牧師の目はぼんやりと焦点が合わなくなる。

メアリが驚いて身をひくと、彼の体はぐらりと揺れて、ベンチによりかかった。

そうして牧師が正気に戻ったとき、彼はメアリのことをまったくおぼえていなかったのだ。

メアリが自分の〈力〉を自覚したのは、このときだった。

第三章　てんとう虫の家は燃える

てんとう虫、てんとう虫、
お家へ飛んでいけ
お家が燃えてるぞ
子どもたちが燃えてしまうぞ！

子どもたちの騒々しい声が路地から聞こえてくる。

ジョシュアはまぶしい朝陽《あさひ》が窓からさしこむのに目を細め、ベッドの上に身を起こした。天蓋の幕を閉じるのがいやで、彼はいつでも開けたまま寝る。カーテンも同様だ。ぴったりと閉じたそれらを見るとぞっとした。その先になにがあるか、わからないではないか。

「どこのガキだ、朝っぱらから騒ぎたてて……」

貴族らしからぬぞんざいな口ぶりで窓のほうをにらみ、髪をかきあげる。大通りに面した窓から、また幼い歓声が届いた。

ロンドンはベルグレヴィアの、ラヴィントン伯爵家のタウンハウスである。まだ三月の末、本格的な社交期《シーズン》には間があったが、ジョシュアはもともと一年のほとんどをロンドンですごす。所領の管理はすべて家令にまかせっきりで、本拠地のラヴィントンにも必要にせまられない限り帰りもしない。あそこの屋敷がきらいだからだ。陽光に満ちた窓をしばらく眺め、ジョシュアは頭が冴《さ》えていくのを待った。

窓辺には青々とした羊歯《しだ》がたっぷりと飾られている。

壁際のテーブルにも羊歯の入ったウォーディアン・ケースを置いていたし、火のない暖炉にも羊歯の鉢と羊歯を描いた衝立《ついたて》を飾ってある。もちろん暖炉の上にも羊歯の鉢がずらりと並んでいた。

——羊歯はいい。

飾り気のない緑の葉は、眺めていると落ち着く。

きらびやかに着飾った淑女たちにべったりととりかこまれていたあと、羊歯で満たされた部屋に帰ると、彼はようやく息ができるのだ。

白粉《おしろい》と香水のにおい。

華やかで優雅なほほえみ。

彼を見あげてくる、熱っぽくまとわりつくような視線。

それらすべてが、本当は、きらいだった。

その奥にある、上流階級特有の冷ややかさを、彼は知っているからだ。母のすべてを拒絶した社交界の。

だが、と思う。

――あの子にはそんな空気がない……

ジョシュアはメアリの姿を思い浮かべていた。

当然かもしれない。彼女は伯爵令嬢とはいえ、十二歳までロンドンの下町で育ったのだから。

だからだろうか、ふだん接している女性たちとは勝手が違って、どこかあつかいづらい。チャーチル夫人の温室《コンサヴァトリー》でも、夫人相手にあんな態度に出るつもりはなかったのに、メアリがあまりに無防備だから、ついつい前に出てしまった。

そう、無防備なのだ。メアリは、上流階級の者なら備えているべき穏やかで冷たい鎧《よろい》を持たない。

あんな風にたやすく弱みを見せてしまうようでは、社交界でやっていけないのではないかと思う。知ったことではないが。

――ありがとう、だと。脅された相手に向かって。

あの深い緑の瞳。静かな森みたいな目をして、メアリはまるで警戒せずにぼうっとジヨシュアを眺めていた。あの瞳に見つめられると、妙に胸がざわついた。

ジョシュアは胸をなでる。

喉になにかがつまっているような、逆に肺が縮んでしぼられているような、妙な痛みがある。

彼女のことを考えると、胸が痛いだと？

「……二日酔いかな」

うそぶいて目をなんどかまたたき、ジョシュアはあくびをした。

「旦那さま」

扉の向こうから、ノックの音につづき執事の声が響く。「起きていらっしゃいますでしょうか」

「ああ、どうした」

「デイヴィッドさまが——」

彼が言い終える前に扉が勢いよく開かれた。

「まあいけませんわ、名前は正確に伝えていただかないと！　わたくしの名はダヴィーダでしてよ」

ジョシュアは部屋に飛びこんできた貴婦人の姿を見るなり額を押さえた。

「なんでその格好で来るんだ、デイヴィー！」

「ヴィータとお呼びくださいまし、旦那さま。相変わらずひどいお部屋ですこと。まるでジャングルのよう！」

ジョシュアはベッドを飛びおりソファにかけてあったガウンをはおると、暗紫色《プラムいろ》のドレスをまとったデイヴィッドをねめつけた。

「で？　なんの用だ」

「ごあいさつですこと。いい知らせを持ってきましたのに」

ジョシュアは顔をしかめる。しばらくデイヴィッドとにらみ合っていたあと、深く息を吐いた。

「今日もきれいだよ、ヴィータ。……これでいいか？」

デイヴィッドはにっこりとほほえんで、膝を折ってお辞儀した。「ありがとう」

「で、なんでそんな格好でうちに来るんだ」

「趣味と意地悪を兼ねて」

「兼ねるな！」

ほほほ、と彼は口に手をあてて笑う。

「もう芝居はいいだろう。その声音はやめてくれ」

ジョシュアはソファにどさりと腰かけ、頭を抱える。デイヴィッドは苦笑を浮かべた。

「この格好で男の声だと、ぞっとしない？　女声のほうがしっくりくるんだけどなあ」

いくぶん低くなった声で言って、ジョシュアの向かいに腰をおろした。プラム色のスカートがふわりと広がる。

つけ毛をつけてシニョンにした髪。喉を隠す高い襟に、ふんわりとふくらんだ袖。うすく化粧をほどこした端整な顔。上背はあるものの、華奢《きゃしゃ》なせいもあって、どこからどう見ても間違いなく美しい貴婦人である。

「また新しいドレスを仕立てたのか」

「うん。母さんに頼んで、こっそりね」

女装はデイヴィッドの趣味である。

彼とは幼少時からのつきあいだが、いつのまにかこんなことになっていた。女の子が欲しかったという彼の母が面白がって協力しているものだから、質は向上するばかりである。

いっぽうで彼の父はそうとう厳格な堅物で、ばれたら大目玉どころではなく勘当騒ぎになるだろう。が、デイヴィッドはまるで警戒する様子もなく飄々《ひょうひょう》としている。

「ほら見てよ、ジョシュ。肩のところのレースとか、すぼまった袖口。仕立屋の腕がいいんだよねえ、すごく女性らしいラインになってるでしょ?」

「知るか。俺はドレスなんぞに興味はない」

ジョシュアはすっぱりと言い捨てた。ことドレスやアクセサリーのこととなるとデイヴィッドは熱心に語りだすから辟易《へきえき》する。

——ふだんはだれより常識人のような顔をして、俺に小言を言うくせに。

とはいえ、表立ってひとりで女性宅を訪れるには支障があるとき、女装姿の彼とつれだっていればまわりの目をごまかせたので、ありがたくもあった。

「——で？」

従僕がお茶を給仕し終えるのを待って、ジョシュアは尋ねた。「いい知らせというのは？」

「メアリ嬢が昨日からロンドンにやってきてるよ」

ジョシュアは眉をぴくりと動かす。

「それがいい知らせだと？」

「違う？」

お茶とともに出されたビスケットをつまみながら、デイヴィッドは訊《き》き返す。ジョシュアは渋面になった。

「べつにいつ来ようが関係ないだろう」

「関係なくはないよ、また〈内密の頼みごと〉をするんじゃないの？」

「もうしない」

「えっ」

デイヴィッドはビスケットをスカートの上にぽろりと落とした。「しないって……」

「もう頼みごとはしない」

眉間に皺《しわ》をよせているジョシュアをまじまじと見つめ、

「おやまあ」

とデイヴィッドは間の抜けた声をあげた。

「どういう風の吹きまわし？」

「どうもしない。めんどうになっただけだ」

「めんどうって。恋人と別れるのにゴタゴタするのがめんどうで、メアリ嬢を利用したんだろうに」

「逆にそっちがめんどうになった」

「どっち」

「彼女に頼むのが」

デイヴィッドは持ちあげかけたティーカップをかちゃりと戻す。

「脅すのが心苦しくなった？」

答えず、ジョシュアはむすっと黙りこんで紅茶をすする。

デイヴィッドはひとつ息をついて、背筋を伸ばした。透き通った空色の瞳には、友人を心配する真摯な光が宿っている。

本当のことを、とデイヴィッドは真面目な口調で言った。

「本当のことを、打ち明ければよかったのに。君の体のこと」

――本当のこと。俺の体のこと。

ジョシュアは自分の手に目を落とす。手首に青く浮かぶ花のような形をしたアザを目の端にとらえ、そっとガウンの袖をひっぱった。

「いやだ」

「強情なんだから」

ジョシュアはそっぽを向く。

「だいたい、信じるわけがないだろ、本当のことを言ったところで」

「そんなことはないさ。きっと、彼女ならどんなありえないことでも理解してくれる。だって彼女自身、あんなありえないことができるんだから」

熱心に言いつのるデイヴィッドに、ジョシュアはうるさそうに手をふった。

「もういいだろ、頼まないって決めたんだ。チャーチル夫人とは別れられたんだし、じゅうぶんなんだよ」

デイヴィッドはうす目でジョシュアをにらむ。

「いつも思うけれどもね、君、もうちょっと女性にやさしくすべきだよ」

「俺がやさしくなったらもっとめんどうなことになるぞ」

「いーや、君がもうすこしやさしくなれば、小さくおさまるケースはたくさんあったね。別れ際にゴタゴタする男はろくなものじゃないよ」

「俺がろくでなしなのはよく知ってるだろうに」

「知ってるから言ってるんだよ」

「ふん」

はあ、とデイヴィッドは深く息を吐き、こめかみを指で押さえた。

「とにかく、君はもっと誠実になるべきだね。だれかれなしに誘いに乗るんだから。いつも言ってるけど、何人も恋人を作るものじゃありません」

「ああ、それならようやくおまえの期待にこたえられるかもしれないぞ。恋人の数は減ってる」

ジョシュアは片手で数を数えだした。

「減ってるって、ふつうはひとりなんだけどね……でも、どういうこと？」

「なんとなく気が進まなくて会わないでいるうち疎遠になったのが数人、ケンカ別れになったのが数人」

「べつにそれはいつものことじゃないの？」

「新しく増やしてない」

デイヴィッドは意外そうな目でジョシュアを見た。

「それは初めてだね。どうしたんだ、ジョシュ。心を入れ替える気になったのかい？」

「べつに。めんどうになってきただけだ」

「めんどうめんどうって、君はそればっかりだね。本当にどうしたのさ」

ジョシュアは答えなかった。答えるべき答えを持っていなかったのだ。こちらが訊きたい、どうしたのかなど。

なんとなく、このところ白粉くさい貴婦人と会うことに気が萎えていたのだった。

「ジョシュ、でも——全員と別れたりはしないだろう？　だれかひとりは恋人がいないと」

と、デイヴィッドが困惑したように眉をよせている。

「だって、そうじゃないと君、困ったことになるじゃないか」

「まあな」

「まあなって……いいかげん、身を固めたら？　遊びじゃなく、本当に愛せる人を見つけるべきなんだよ、君は。それが君の体にもいちばんいい」

ジョシュアはうすく笑った。

「本気の恋愛なんてするもんじゃない。そのあげくがうちの両親じゃないか」

「ジョシュ……」

デイヴィッドはひどく真剣なまなざしをジョシュアに向けた。

「いつまでもそうかたくなでいるものじゃないよ。じゃなきゃ、君はいずれ」

言いかけ、デイヴィッドははっと口をつぐむ。唇を指で押さえ、顔をそらした。ぽつりとつぶやく。

「――死んでしまうよ」

通りから、また子どもの歓声があがった。

＊

「そういえばメイ、ラヴィントン卿《きょう》にお会いしたのですって？」

ジュリアがそう尋ねてきたのは、領地のハートレイからロンドンに移動してきてしばらくしてからのことだった。

タウンハウスの居間で、メアリはスクラップブックにドレスの端切れを貼っているところだった。スクラップブックは、令嬢ならたいていたしなんでいる趣味だ。メアリのスクラップブックは深紅のビロード張りという豪華なものである。

メアリはうなずく。

「チャーチル夫人の温室におじゃましたとき、たまたまお会いしたの。ローズから聞いたの？」

メアリはうしろの椅子に腰かけているロジーナをちらりと見やる。彼女は肩をすくめた。

「どんなお話をしたの？」

ジュリアの口調はいたって穏やかだが、なにかと派手な噂《うわさ》のあるジョシュアと会っていたというので心配になっているのだろう。

ななめ前に座るハートトレイ伯爵リチャードも、むずかしそうな本を読みふけっているようでいて、それとなく耳を澄ませているのがわかった。

「どんなだったかしら。よくおぼえてないの、お母さま」

すくなくとも『馬鹿』と言われたことはおぼえているが。

「そう？　あなたもよくわかっていると思うけれど、殿がたとふたりきりになってはいけませんよ。とくにラヴィントン卿は、いろいろとお噂のあるかたですからね」

令嬢はお目付け役をともない、男性とはけっしてふたりきりにならないのがエチケットだった。メアリはおとなしくうなずいたが、考えてみればハートトレイの屋敷の応接間でもチャーチル夫人の温室の通路でも、すでにふたりきりになってしまっている。

しかしジュリアの心配は杞憂《きゆう》である。チャーチル夫人を見る限り、彼がメアリのような小娘を相手にするとは思えない。

そう思うと、メアリはほっとするような、胸の表面がざらざらとけば立つような、妙な気持ちになった。

チャーチル夫人の件以来、ジョシュアからは音沙汰がない。いったい、いつまたあの頼みごとをされるのだろうかと、内心ビクビクしているのだが。

頼みごとがないのならそれにこしたことはない。それなのに、メアリは自分がどこか物足りなさを感じているような気がしてならなかった。……なぜだろう？

「ジュリア、そんなことを言ったってしょうがないよ、メイはまだ子どもなんだから。なあ？」

リチャードが口ひげをなでつけながらメアリに笑いかけた。彼はなにかとメアリを小さな子どもあつかいしたがる。子どもあつかいしたい、というよりは、年ごろの娘だと思うのが気恥ずかしいらしかった。ひきとられてきた日も、リチャードは目に涙を浮かべて喜びながらも、赤ん坊からとつぜん十二歳になって戻ってきた娘に半分戸惑っていた様子だった。

「男親はこれだからダメなんですよ。娘の身のまわりは、いくつであろうとわたくしたちが気をつけていないといけませんわ。——メイ、このレースも使ってはどうかしら？」

ジュリアが手芸箱から縁どりレースをとりだす。彼女の手もとにもスクラップブックがあった。メアリにつきあって、ジュリアもスクラップブックを作っているのだ。

「ありがとう、お母さま」

メアリは丸く切りとったベビーブルーの布のまわりを白いレースで飾る。その上にポートレートを貼った。メアリたちの家族写真である。周囲に勿忘草《わすれなぐさ》の押し花を散らす。写真の下にはあとでロジーナに尋ねて詩の一節でも書きこもう、と思った。

スクラップブックは、メアリがひきとられてきてすぐのころ、ジュリアが与えたもののひとつだ。ジュリアはそれを当たり前のように与えたけれど、メアリにはどうあつかえばいいのか、なにを貼ればいいのか、さっぱりわからなくて途方に暮れた。泣きだしそうな顔をしていたのだろうと思う。あわてたジュリアが、『わたくしも一緒に作るから』とメアリとともに作りだしたのが、今日《こんにち》のふたりのスクラップブック作りのはじまりだ。

ドレスを作った布の余りに、レース、クリスマスカード、クロモ——色刷石版《クロモリトグラフィー》のシート、雑誌の切り抜き、気に入ったものをなんでも貼ればいい。

一年に一冊完成するスクラップブックは、クリスマスにおたがい交換するようになって、今ではジュリアのために作り、メッセージを添えるようになっている。

ジュリアからスクラップブックをもらうたび、メアリは、申し訳なさとうれしさで胸がはちきれそうになる。

——これをもらっていいのはわたしじゃない。

だけど、メアリがそうであるように、ジュリアもまたメアリのために作ってくれたのだと思うと、うれしくてたまらなくなるのだ。そう感じてしまうことに、また、苦しくなった。

「ラヴィントン卿といえば――」

ひとり、スクラップブック作りからとり残されたリチャードは、少々つまらなそうな、あるいはさびしそうな様子で口を開いた。

「といっても先代のラヴィントン卿のことだが」

「十年前にお亡くなりになった？」

メアリが手をとめリチャードを見る。娘の興味をひけたのがうれしいのか、彼は身を乗りだしてうなずいた。

「亡くなったとされているがね、本当は生きているのではないか、なんていう噂もある」

「どうして？」

「十年前、ちょうど先代が亡くなられた時分、ロンドンを出る船に乗りこむ彼を見たという人がいる。遠目でよく見えなかったが、あの美貌はそれでも間違いようもない、とね。ようは、亡くなったのではなく、行方不明なのではないか、ということなんだよ」

「船に乗って、迷ってしまったということ？　帰ってこられなくなったの？」

「そうではなく、自ら姿を消したんじゃないかって言われているんだよ。社交界に嫌気がさして。奥方のことでずいぶん苦労なさっていたからね」

「奥さまが女優だったから――？」

「うん、そうそう……ん？　メイ、よく知ってるね」

あなた、とジュリアがとがめるような声を出す。

「そんないいかげんな噂話、メイに吹きこまないでくださいまし」

「ああ、うむ」

リチャードは口ひげをつまみ、あさってのほうを見る。本を閉じ、代わりに新聞をばさばさと開いた。

「おや、また〈黒つぐみ〉の記事だ。このところこの話題で持ちきりだな」

ジュリアが眉をひそめた。

「まあ、また事件ですの？」

「いや、これは今までの事件をまとめたものだな。最近では〈黒つぐみ〉に誘発されて労働者の暴動が起こってきているし、議員のあいだでも対策を講じるべきだという声があがっているんだが」

リチャードはむずかしい顔で記事に見入っている。家にいると人のいい、やさしい父親という感じしかしないのだが、彼は有能な財務卿である。くだんの〈黒つぐみ〉にも頭を悩ませているようだ。

「物騒なこと。被害者の中には議員のかただっていらっしゃるのでしょう？　あなたもお気をつけになって」

ジュリアは不安そうにため息をつく。

「ああ、気をつけるよ。そういえば、このあいだの被害者はウィルソン牧師だったろう。クレメント・ウィルソン牧師。メイを見つけてくれた牧師だよ」

「そうでしたわね。階段からつき落とされたのですって？　なんておそろしい――」

ジュリアは言葉のとちゅうでメアリを見やり、はたと口を閉じる。『子どもに聞かせるにはふさわしくない話題』であると判断したようだった。

「メイ、そういうことですからね、あなたも気をつけるんですよ。なにがあるかわかりませんからね」

実のところメアリは牧師の事件についてもうすこしくわしく話を聞きたかったのだが、それは無理なようだと判断する。母の言葉にうなずき、スクラップブックをかたづけて立ちあがった。心得たようにロジーナがつづいて立ちあがる。

「お散歩の時間ですわね、メアリお嬢さま」

「あら、もうそんな時間？　それならジョンもつれておいきなさい。ミス・グリーンとふたりだけではなんだか不安に思えてきたわ」

と、ジュリアは従僕のひとりを呼ぼうとする。

「大丈夫よ、お母さま。今までだってローズとふたりだったし、すぐ近くだもの」

「セント・ジェイムズ・パークかい？　あそこは人もたくさんいるからね。でも人通りのすくない場所には行かないようにするんだよ」

いってらっしゃい、と鷹揚《おうよう》にほほえむリチャードとは逆に、ジュリアはまだ不安そうだ。かつてのことを思えば無理もないことだが、彼女はときどきひどく心配性になるのだった。

「一日中家の中に閉じこもっているわけにはいかないもの、今日はこんなにお天気だっていいのだし。すぐ戻ってくるわ、お母さま。水仙の花が咲いていたら摘んできてあげる」

ジュリアの不安を拭おうとつとめて明るい声で言って、メアリは居間をあとにした。

セント・ジェイムズ・パークはハートレイ伯爵家のタウンハウスがあるパル・マルからほど近い公園で、散歩にはもってこいの場所だ。

遊歩道のまわりには春を告げる水仙やクロッカスが群生し、ちょうど満開を迎えようかという頃合いだった。芝生では小鳥が憩《いこ》い、リスがせわしなく頬にエサをつめこんでいる。小動物にとっては楽園のようなのんびりとした公園だ。奥には細長い湖があり、春の陽ざしに水面《みなも》をきらめかせていた。

ロンドンにいるあいだはここで散歩するのがメアリの日課で、エサをついばむ小鳥やちょこまかと動きまわるリスを見るのが好きなのだが――

「メアリ、あなたのその格好、どうにかならないものかしら」

社交界デビュー前ながら流行のスタイルのドレスを隙《すき》なく着こなしたヴァイオラは、メアリの格好を一瞥《いちべつ》するなり言いはなった。

ご近所である彼女とは、公園でもたびたび顔を合わせるのである。

「どうにかって、どこか変?」

メアリはあわてて自分の姿を確認した。

今日のメアリは、勿忘草色のドレスに同色のショールとボンネットという出で立《いでた》ちだ。十字模様が細やかに編みこまれたマルティーズレースの大きな白い襟に、腰の高い位置で結んだサテンのリボンは、いつもながら子どもっぽい。しかし、いずれもジュリアが選んだ、見劣りすることはない上等の品物のはずだ。

「趣味は悪くありませんわ、レディ・ハートレイがお見立てになったのでしょ。だけど、世の中には流行というものがございますのよ。もっと流行に敏感になっていただかなくては、一緒にいるわたくしまで野暮ったく見られるじゃありませんの」

だったら並んで歩かなければいいようなものだが、なぜだかヴァイオラはいつでもこうしてメアリとつれだって――あるいはメアリをひきつれて、なのかもしれないが――歩きながらあれこれ文句を言うのだった。

かく言うヴァイオラはといえば、クリノリンで大仰に広げることはせず幅を細くしたスカートに、うしろに布を寄せてふくらませたオーバースカートを合わせた紫色《モーヴ》のドレスはたしかに今風であかぬけている。凝った花飾りのついた小さな帽子をつけ、フリルとレースを贅沢に使ったパラソルを手にし、胸もとにはこれまた流行の、手のモチーフを使った象牙《アイヴォリー》のブローチをつけている。薔薇を持つ手の意匠は、〈友情〉のメッセージを表すものだ。ヴァイオラはこのブローチがお気に入りらしく、よくつけている。

「でも、ヴァイオラ、ちょっと散歩に来ただけなのよ？　格好なんて、そんなに気にしなくたって」

「あなたはそれだからダメなのですわ」

ぴしゃりとヴァイオラは言ってのける。

「たかが散歩、されど散歩でしてよ」

パラソルをくるくるまわしながら、彼女はメアリの一歩先を歩いている。ふたりのうしろではそれぞれレディーズメイドとロジーナが黙々とつき従っていた。

「ごらんになって」

ヴァイオラは優雅な仕草で手を前にさしだした。その先には公園を自由に闊歩《かっぽ》する人々の姿がある。

メアリたちのようにつきそいをつれた貴婦人や、中流階級の奥さま風の婦人、ステッキを手にした紳士、池のほとりを走りまわっている少年、牛乳売りから牛乳を買っている子どもづれの婦人。

「公園にはたくさんの人がいますのよ。その人たちにわたくしたち令嬢はつねに見られていると心得て、身なりにも気合を入れるべきでございますわ」

ちらりとヴァイオラはメアリに視線を送る。

「あなたはとくに、ですわよ」

メアリはあたりを見まわし、首をかしげる。

「だれも見てないと思うのだけど……」

はあっ、とわざとらしくため息をついて、ヴァイオラは首をふった。

「あなたはそんな風にぼんやりだから、いけないのですわ。見ていないようで見ているのが世間というものですの。どこからどんな醜聞が生まれるものだか——まあ、あなたがまわりからどんな評判を得ようと、わたくしにはかかわりのないことですけどっ」

自分から話しだしたことなのに、ぷいっと顔をそむけて話題を打ち切る。

「そんなことより、こんないい陽気ですもの、紳士のかたたちだってきっとたくさん散歩にいらっしゃるわ」

だから、とヴァイオラは瞳をきらきらさせた。

「ラヴィントンさまだって、いらっしゃるかもしれませんわ！」

メアリはどきりとした。思わず立ちどまる。

「あのかたが……のんびり散歩なんてなさるかしら」

はあ、とまたしてもヴァイオラはおおげさにため息をつく。

「もうすこし頭を働かせてくださらない？　この近くにはご友人のデイヴィッドさまのお屋敷だってありますもの。遊びにみえたラヴィントンさまが、デイヴィッドさまに誘われて散歩にいらっしゃる可能性はじゅうぶんにありますわ」

「デイヴィッド《ロード・デイヴィッド》さま？」

「んもう！　人形芝居やお茶会にだっていらしてたでしょう、デイヴィッド・グレイさま。モーズリー侯爵のご次男ですわ。おふたりは幼少時からのご友人なんですって。デイヴィッドさまも素敵なかたですわ。輝く淡い金の髪に吸いこまれそうな空色の瞳、美しくも繊細なお顔立ち、やさしげなほほえみ。まさに絵本に出てくる王子さまのよう」

ヴァイオラは目をうっとりとさせる。いったいジョシュアとデイヴィッドのどちらに夢中なのかよくわからない。

なんにしても、メアリはここでふたりに会ったことは一度もない。時間がずれているのかもしれないが、それなら今日も会う可能性は低いだろう。

そう思うものの、メアリはなんとなく落ち着かない気分になってきた。ボンネットのリボンの端をそわそわといじる。こんなところで会うわけがない。けれど、会ったらどうしよう……そう思うのは、ジョシュアにまた頼みごとをされるのをおそれているからだろう。

ひときわ高いヴァイオラの声が響いて、メアリの心臓がたたかれたようにはずんだ。

「あら！」

──まさか。

ヴァイオラの熱い視線の先に、まさかのふたりが歩いていた。

黒髪に鳶色の瞳のジョシュア。

金髪に空色の瞳のデイヴィッド。

談笑しながら歩いているふたりのまわりだけ、空気が爽やかに輝いて見える。だれもがふと足をとめ、ふたりに見入っていた。

最初にこちらに気づいたのは、デイヴィッドのほうだった。

おや、という風に空色の目をすこしみはり、ジョシュアになにごとか耳打ちする。

ジョシュアは片眉をあげて、ぴたりと立ちどまった。

彼がこちらを見返したとき、その目に複雑な色が浮かんだことにメアリは気づいた。

母親の姿を見失った子どものような、どこか途方に暮れた、所在なげなまなざし。

「こんにちは、レディ・ヴァイオラにレディ・メアリ」

まっすぐ歩みよってきたのはデイヴィッドで、つぼみもほころびそうな笑顔でかぶっていたトップハットをとる。所作のすべてが優雅な青年だ。

「まあ、わたくしの名をおぼえていてくださいましたの？」

頬を真っ赤に染めて、ヴァイオラはうわずった声をあげた。

頬を染めてしまうのも無理はないほどの、美しい青年だ。ジョシュアとはまた違う、柔和で、どこか中性的な魅力がある。

彼はメアリを見て、にこりと笑った。

思わず見とれてしまうような美しい笑みだ。透き通るような空色の瞳に、女性のように繊細でやさしげな顔立ち――

ふと、メアリはこの笑顔をどこかで見たことがある、と思った。

当然だ、彼は人形芝居にもお茶会にも来ている。だが、そうではなく、ごく最近、目にしたような気がするのだ。

メアリは失礼であることも忘れて、まじまじと彼を見つめた。

金色の髪に、青い瞳。上背はあるが華奢な体に、優雅な身のこなし。まるで貴婦人のような。

あ！　とメアリは素《す》っ頓狂《とんきょう》な声をあげた。

「なあに？」

ヴァイオラが眉をひそめてメアリをにらむ。

デイヴィッドは目を細め、すっとメアリに近づいた。彼はメアリの耳もとに顔を近づけると、ヴァイオラに聞こえぬよう、かすかな声でささやいた。

「――『どうぞ、中でチャーチル夫人がお待ちですわ』」

聞き覚えのある女性の声。あの貴婦人！

メアリはあんぐりと口を開ける。

「なかなかさまになっていたでしょう？　僕は研究熱心なんです」

「ど、どうしてあんな……あの……」

うろたえるメアリの手をとり、デイヴィッドは極上のほほえみを見せた。

「あれは趣味です」

「しゅ……趣味、ですか？」

さらりと言ってのけた彼に、メアリはどう答えていいかわからず視線を彼の顔に手にさまよわせる。

「男の服と違って、女性のドレスは美しい色彩にあふれていますからね。ことに近年さまざまな新しい染料が発見されてからというもの、その華やかさは増すばかりだ。モーヴのガウンにマゼンタのドレス。それに花やリボンで飾りたてたボンネット、かわいらしい靴の数々、ああ、思い描くだけでうきうきします。あなただって、男に生まれてごらんなさい。レースもリボンもない味気ないクローゼットにうんざりしますから！」

熱弁をふるうデイヴィッドにメアリは目を丸くする。口も挟めず、ただ、はあ、とあいまいに返事をするしかない。ヴァイオラにいたっては、いったいなんの話かさっぱりわからずぽかんとしていた。

デイヴィッドはふたりの反応に気づいてか軽く咳払《せきばら》いすると、

「ご安心を。僕は女性のドレスが好きですが、女性自身も好きです」

「はあ……」

「だって、男は眺めていたってつまらないですからね。レディ・メアリ、そのマルティーズレースの襟はたいへん見事ですが、どちらでお求めに？」

「は……」

「デイヴィー！」

鋭い声が投げられて、メアリはびくりとした。

ジョシュアが怖い顔で足早にやってくる。

「なんだい、ジョシュ。怖い顔して」

「もういいだろ、帰るぞ」

「いやだよ、来たばかりじゃないか。帰るんならひとりで帰りなよ。僕はせっかくだから ご令嬢たちと今シーズン流行のドレスについて話でも」

「しなくていい！」

ジョシュアは苦々しい顔でデイヴィッドの言葉をさえぎると、メアリの手をとっていたその腕をひっぱった。

「いつまで手を握ってるつもりだ、こんな場所で」

「いや、いい手袋だなと思って。女物はやっぱり、指のラインも違うんだよね」

知るか、とうんざりした調子で言ったあと、ジョシュアはちらりとメアリに目を向けた。メアリはどきりとする。

彼はなんとも言わず、なぜか困ったような顔をしていた。

――どうしてそんな顔をするの？

「あの……」

記憶を消す件についてはもういいのかと訊いてみたかったが、さすがにたくさん人がいる場所で訊けることではない。

ふと、メアリは横顔にちくちくと視線を感じた。

ヴァイオラが、じとっとした目でこちらを見ている。

「さっきから、三人でいったいなんの話をしてらっしゃるの？」

表情からしてあきらかにすねていた。

「あ、ええと、それは……」

「わたくしだけ仲間はずれにして」

むすっと頬をふくらませたヴァイオラにメアリはあわてる。

「そういうわけじゃないわ。ただ、おふたりにはすこし前にお会いしたことがあって——」

「あなた、デイヴィッドさまのことはよくおぼえていないのじゃなかった？」

「それは……その……」

まさか女の姿だったからわからなかったのだ、とは言えない。うまい言い訳の思いつけないメアリは、しどろもどろになって汗をかいた。

「あ……あ！　そうだわ、わたし、お母さまに水仙の花を摘んでいく約束をしていたの。だからここで失礼するわ。またね、ヴァイオラ」

へたな言い訳すら思い浮かばず、メアリはその場から逃げることにした。うしろからヴァイオラがなにか言う声がしたが、ふり返らず足早に歩く。いきなり失礼だとか、ちゃんとあいさつをしていけとか、そういうことを言っているのかもしれない。

脇道に入り、木々の合間を縫って奥へと分け入る。緑のにおいが足もとから立ちのぼり、メアリの体を包んだ。

黄楊《つげ》の植えこみを抜け、やや開けた場所に出ると、ようやくメアリは足をとめた。いつのまにか小走りになっていたせいか、息があがっている。胸に手をあてて、メアリは深呼吸をくり返した。

広場に面した背の高い植えこみと、湖の脇の木立とのあいだにぽっかりと空いた場所にメアリはいた。

腰を落ち着けるには狭く、また閉鎖的で、設計上の間違いでできてしまった無駄な空間のように思える。

だれからも忘れられたような場所で、人々の声も足音も遠く、ひどく静かだ。なんども公園を訪れているメアリだが、こんな場所には気づかなかった。

「穴場なのだよ」

背後から聞きおぼえのある声がして、メアリはふり返った。

「ラヴィン……」

ジョシュアの声だと思った。けれど、メアリはとちゅうで口をつぐむ。ちがう。

そこには、黒い出で立ちの青年が立っていた。

フロックコートはもとより、ウエストコートもクラヴァットも胸ポケットからのぞくスカーフも、時計鎖《アルバート》すら黒い。

――だれ？

漆黒の髪に琥珀色《こはくいろ》の瞳。

ぞっとするほど美しい顔立ちは――ジョシュアによく似ていた。

兄弟かと思ってしまうほどだが、彼に兄弟はいなかったはずだ。従兄弟《いとこ》かなにかだろうか……？

ジョシュアよりもまなざしは鋭く、剣のような雰囲気がある。メアリは思わずあとずさってしまった。怖かったのだ。

青年はふっと口もとだけをゆるめ、かすかな笑みを浮かべた。

「失礼。驚かせてしまったかな」

笑みを浮かべても鋭さはすこしも削られない。

「あなた、だれ？」

メアリがそう問うと、彼はおかしそうに肩を揺らした。

「名前など」

足音もなくゆっくり近づき、メアリの目の前に立つ。

「なんの意味もない。ことに私の名前は」

よく意味がわからず、メアリは首をかしげた。

「あの……、ラヴィントンさまのご関係のかたですか？」

青年はゆっくりと首をふる。違う、と言っているようにも、どうでもよい、と言っているようにも見えた。

「私の作った歌は気に入ってもらえたかな？　五月女王《メイ・クイーン》」

「え？」

「五月になったら君を迎えにいくと」

メアリの脳裏に人形芝居の歌がよみがえる。『五月の風が吹いたなら、君を迎えにいくよ、僕の五月女王《メイ・クイーン》』……

「あれがあなたの歌？」

「ああそうだよ、私のメイ・クイーン」

メアリはまた一歩退いた。

「わたしはあなたのものでも、クイーンでもないわ」

五月女王。五月祭《メイ・デイ》の日に少女たちの中からひとり選ばれる女王。祭の花形。メアリは祭に参加したこともなかったし、女王に選ばれたこともなかった。

「これからなるのだよ」

彼は手をさしのべた。「我々のクイーンに」

言い知れぬ気味の悪さに、メアリはきびすを返して逃げようとした。

だが。

「動くな、メイ」

青年の声が鋭い刃《やいば》のように投げかけられたと思うと、メアリの体がぴたりととまった。

動けない。

青年がゆっくりと近づき、メアリの肩をつかんでふり向かせる。

「動けないだろう？　私の声には、魔法がかかっている」

言ってから、彼はふっと笑った。

「なんて言うのは、子どもじみているかな。私はね、メイ。君とおなじだよ。君とおなじように、〈力〉を持っている。人を操れる声を」

青年は、メアリの手を持ちあげ口づける。

間近に見る琥珀色の瞳は冬の夜空にきらめく星のように冴えて美しく、同時に底知れぬおそろしい光を湛《たた》えていて、メアリは心底震えた。

「放して！」

かすれた悲鳴をあげる。その唇を青年は指で押さえ、肌が粟立《あわだ》つほど美しい笑みを浮かべた。

「メイ。間違えるんじゃない、私は君の味方だ。君のことならなんでも知っているよ。〈力〉のことも――君が本当はレディ・メアリなどではないということも」

メアリはぎくりと顔をこわばらせた。

「伯爵家にいて君は幸せか？　秘密を抱えたままで？　メイ、我々は君を歓迎する。我々の中には君や私のような〈力〉を持った者がほかにもいるんだ。我々は仲間なのだよ、メイ」

青年の指がメアリの唇から離れ、頬をなぞる。

「わ、我々って――」

「我々は〈黒つぐみ〉。知っているだろう？」

メアリは息を呑んだ。

──〈黒つぐみ〉。あの？

「そんな。それが、どうしてわたしを」

「言ったろう。我々は〈力〉を持った仲間同士。味方だよ。君は我々の一員になるべきだし、私は君の〈力〉を欲している。君の味方だという証拠に、ほら、あの悪い牧師は殺してやったよ」

「牧師？　まさか──ウィルソン牧師のこと？」

「そうだ」

メアリは動けないまま、ぶるりと震えた。

「どうして、ウィルソン牧師を殺すことが味方の証拠なの」

青年はふっと笑う。どうしてそんなことを訊かれるのかわからない、というように。

「君を苦しめた男じゃないか。その報いだよ。それに、あの男のせいで君は伯爵家にとらわれるはめになったのだから」

「とらわれてなんかいないわ」

「とらわれているのだよ。しかし、君がハートレイ伯爵家にいたからこそ我々は君を見つけたのだから、そういう意味ではよくやったと言ってやってもいいがね」

「どういう――」

「我々は有能な財務卿であるハートレイ伯爵の弱みを探していた。こんな悪い貴族なら〈黒つぐみ〉に殺されるのも当然、というほどの弱みをね」

青年はメアリの前から一歩退き、ゆっくりと周囲を歩きはじめた。メアリはそれを目で追う。

「当然君のことも調べたよ。誘拐された赤ん坊がとつぜん見つかるなんてどうにもうますぎる話だからね。それでまずあの牧師に話を聞こうと思ったのだが、奇妙なことにこれが、君のことをまったくおぼえていなかった。おかしなことだろう？」

彼はそこで反応をうかがうようにメアリの顔をのぞきこんだ。メアリは目をそらす。

彼はふふっと笑い声を立てた。

「しかたないので周辺から洗いだしていったら、登録官に行き当たった。メアリ・スクワイヤの死亡登録を行った登録官だよ。改ざんを行った、と言ったほうがいいかな？彼には洗いざらいしゃべってもらった。わかるだろう、私の声には逆らえない。しかし彼はなぜ改ざんを頼まれたのかということは知らなかったようだよ。いくらか握らせはしたが、分け前まであげたくなかったんだろうね、あの牧師は。ふふ、悪い男だ」

笑みを浮かべていても、彼の琥珀色の瞳はすこしも笑っていない。メアリは今すぐにでも逃げだしたかったが、足はまったく動かなかった。

「改ざんの事実とあの牧師の行状を合わせて考えればすぐ答えは出る、牧師は君を脅迫しようとしたのだ、とね。知っていたかい？　あの牧師は裏では強請《ゆす》りで小金を稼いでいた。あれが死んでホッとしている者はたくさんいるだろうね。もちろん、私は〈黒つぐみ〉の声明文にそんな余計なことを書きはしなかったがね」

「声明文では、牧師は教会への寄付金を横領していたって、新聞に」

「そう。なんとそれも事実さ。だから悪い男だと言ったのだよ。あんなのが牧師なのだから国教会《こっきょうかい》の中身も知れようというものだ」

ふん、と彼は軽蔑するように笑った。そんな表情はジョシュアとうりふたつで、メアリは混乱する。この青年とジョシュアは、親族なのであろうか。

「どこまで話したのだったかな。そうそう、牧師は君を脅迫しようとしたはずだ。それなのに牧師は君をおぼえていなかった――なぜか？　忘れさせられたのだ、と直感したとき、私は震えたよ。喜びでね。この〈力〉はかならず私の役に立つ。だから確かめさせてもらった、君の〈力〉を。人形遣いをおぼえているかい？　あれは我々の一員だ」

五月女王《メイ・クイーン》の人形を手にした人形遣い。メアリは不自然なまでに笑みのはりついた人形遣いの顔を思いだす。

「あの人が……」

「彼からは君のいっさいの記憶が失われていたよ。また一から教えねばならなかった。

だが私はうれしかったよ、君の〈力〉が本物だとわかってね」

彼はおもむろに手を伸ばし、メアリの髪をゆっくりとなでた。メアリはぞっとして、その手をふり払う――動けた。あわてて飛びすさったが、彼は狼狽《ろうばい》もせずにメアリの腕をつかまえひきよせた。

「やれやれ、これが私の〈力〉の困ったところだ。長いことは支配できない。それに、操られていたという意識はあるものだからね。これを忘れさせられたら、とても便利になるのだが」

――そのために、わたしを？

メアリは腕をふりほどこうともがいた。ふいに彼はぱっと手を離す。メアリはよろめいて、その場に倒れこんだ。

「今すぐに君をさらっていくようなことはしないよ、無粋だからね。だが、もしすぐにでも仲間になりたくなったら、ランベスのニューカットにある〈牡牛《おうし》の頭亭〉というビヤホールを訪ねるといい。歓迎しよう」

一匹の蝶《ちょう》が、ふたりのあいだを通りすぎた。黒い蝶だ。うすく、鱗粉《りんぷん》のきらめく小さな羽が、ちらちらと行きすぎる。

黒い蝶は一匹、二匹とどこからともなく増えていって、あっというまに青年のまわりをとりかこんでいった。

彼は黒い蝶の飛びかう中で、凄絶なほど美しい笑みを浮かべる。

「五月になったら君を迎えにいくよ、メイ。五月祭《メイ・デイ》は君にふさわしいだろう？」

ゆらめく蝶の動きに目がくらむ。青年がすっと背を向けようとしたのに気づき、メアリは思わず呼びとめた。

「待って。あなたは、いったいだれなの」

そう問いかけずにいられなかったのは、彼があまりにもジョシュアに似ているからだった。

蝶の帳《とばり》の向こうから青年が答えを返す。

「私は——そうだな、オールド・ノルとでも」

老《オー》ノル《ルド》。十七世紀の清教徒《せいきょうと》革命で国王を処刑し護国卿にまでのぼりつめた、オリヴァー・クロムウェルのあだ名。

どういう意味、と訊き返した声は、黒い蝶のはばたきの中に吸いこまれていく。

「近いうち、面白い事件を見せてあげるよ。そう、ちょうどこんな具合のね」

てんとう虫、てんとう虫、

お家へ飛んでいけ

お家が燃えてるぞ

子どもたちが燃えてしまうぞ！

青年のつやのある声が近く、遠く響き渡る。黒蝶が嵐のようにあたりをとり巻き、メアリは顔を押さえてうずくまった。

ようやく嵐がおさまって、顔をあげたときには、青年はもうどこにもいなかった。

＊

二輪辻馬車《ハンサム・キャブ》に揺られながら、ジョシュアは頬をさすっていた。

——思いきり殴られたな。

ジョシュアの態度が冷たいと、恋人と口論になったあげく平手打ちをくらったのである。最終的には顔も見たくないと言われた。そうして部屋を追いだされ、ロンドン郊外の相手の屋敷から自邸に戻るところだった。お忍びだったので乗り心地の悪い辻《つじ》馬車である。

——これで最後のひとりにもふられたわけだ。

だれに言っても信じてもらえないのだが、実際ジョシュアはふるよりもふられることのほうが圧倒的に多い。それなのに、ふられたこちらが恋人を捨てて泣かせているように世間から思われているのは理不尽である。というようなことをデイヴィッドに言えば『君はふられているのじゃなくて、ふるようにしむけているからタチが悪いんだ』と叱られるのだからなおのこと理不尽だと思う。

——全員と別れてしまった、と言ったらデイヴィーのやつはまた小言を言うのだろうか。

『じゃなきゃ、君はいずれ、死んでしまうよ』

真剣に諭していたデイヴィッドの顔が浮かぶ。ジョシュアに真面目に説教をするのは彼ぐらいなものだ。

ジョシュアはアザのある手首を、もう片方の手で押さえる。

『遊びじゃなく、本当に愛せる人を見つけるべきなんだよ、君は』

そんなもの、と思う。

ジョシュアは車外に目を向ける。道の端で、客を求めている花売り娘がいるのに目がとまる。十二、三歳くらいだろうか。行きかう人の中で、花を買ってくれそうな紳士や婦人をきょろきょろと探していた。

メアリもあんな感じだったのだろうか、とジョシュアは少女を眺める。

昨日、ジョシュアは今度はひとりでセント・ジェイムズ・パークに出かけたが、メアリはあらわれなかった。先日会ったときとおなじ時間帯だったのだが。

——別に、会わなくてはならない用事などなにもないじゃないか。

なんとなく、あの公園に行けば会えるような気がしていたから、肩透かしを食った気分になっただけだ。

この前会ったときには、ろくに話もしないまま逃げていってしまったし。

どうして彼女はああもごまかすということがへたくそなのだろう。反応が素直すぎる。だからジョシュアのような人間につけいられるし、チャーチル夫人のような人間に攻撃されるのだ。もうすこし学習すればいいのに。あんなことで社交界でやっていけるのか……本当に、知ったことではないのだが。

ジョシュアは髪をぐしゃぐしゃとかき乱した。なんでこんなことを考えなければならないのだ。いらいらする。

どうにもいつもと勝手が違うので、メアリにはどんな顔をして接すればいいのかよくわからない。どうしていいか、わからなくなる。こんな途方に暮れるような気分は、ひさしく味わったことがなかった。

ジョシュアは息を吐く。石畳の上をガタガタ走る辻馬車の振動にうんざりして座り直す。なにげなくまた通りに目を向け、そしてはっとした。

人混みのあいだに見え隠れする黒い背中。紳士のうしろ姿――それにジョシュアは見おぼえがあった。男はすらりと背が高いので目につく。それだけではなく、男にはどこか独特の雰囲気があって、それが人目をひくのだ。

――だけど、まさか！

ジョシュアは屋根の小窓をたたいた。

「とめてくれ！」

うしろにいる御者が――ハンサム・キャブは車体の前面がオープンになっていて、御者台はうしろにあるのだ――あわてて手綱をひいて馬をとめる。

馬車をおりたジョシュアは、人混みをかきわけ男の姿を探した。

――いた！

人混みの先に男の姿をとらえ、ジョシュアはそのあとを追いかける。

男は大通りから横道に入った。ジョシュアは駆けだす。行きかう人々が迷惑そうによけていった。

横道はうす暗く、汚い。男はどんどん先へ歩いていく。追いかけるにつれて、人通りはすくなく、道は暗く、狭く、汚くなっていく。

このあたりは下町、ランベスのニューカットだ。土曜の夜や日曜の朝になれば市《いち》が立ち、歩くのもたいへんなにぎわいになるという一帯だ。

――どうしてこんなところに。

男を見失わないよう、ずっと前だけを見ていたジョシュアは、舗装の悪い地面につまずき、転びかけた。あわてて足を踏んばり、そばの壁に手をつく。しまった、と顔をあげれば、男の姿はすでに視界になかった。

「……くそっ」

ジョシュアは壁をたたき、悪態をついた。

――見間違いとは思えない。

自邸に帰り、帽子とステッキを従僕に預けると、ジョシュアは私室に入る。手袋を脱ぎ捨て、テーブルの上にほうった。

「……うん？」

フロックコートを脱ぎかけたジョシュアは、つづき部屋である寝室につながるドアが開いているのを見て首をひねる。

ハウスメイドが閉め忘れたのだろうか？　そんなこと、かつて一度もなかったのに。

不審に思って、ジョシュアは隣の寝室へと向かう。すると。

ぎゅっと心臓が縮んだ。

天蓋の幕が閉まっている。ぴったりと。すきまなく。

――だれがこんな。

召使いはみな、彼がカーテンでも幕でもぴったりと閉じるのをいやがるから、けっしてそんなことはしない。

ジョシュアは首筋に冷たい汗がにじむのを感じながら、ベッドに近づく。

東洋風の花鳥模様が織りだされた翡翠色《ひすいいろ》の分厚い毛織布の端に手をかけ、ジョシュアはごくりとつばを飲みこむ。手が震えていた。

──怖がる必要なんてない。あれは昔のことだ。もう今は、ベッドの上に、息絶えた母が横たわっていることはない。

ジョシュアは乱暴に幕を開けた。そうして目が釘《くぎ》づけになる。

ベッドの上には、百合《ゆり》が一輪、置かれていた。

＊

数日後の夕刻、ロンドンの裏通りをかわら版売《ブロードサイド》りが駆けまわった。

「また〈黒つぐみ〉の事件だよ！　今度は公爵の家が燃えた！」

かしましい口上につられて人々が買ったブロードサイドには、こんな記事が載っていた。

『枢密院《すうみついん》議長殺さる──レノックス公爵の邸宅のひとつが燃え、公爵の嫡男、フェアラム伯爵が死亡した。

当時邸宅ではお茶会が催されており、参加者の証言によれば、フェアラム伯爵の体がとつぜん燃えだしたのだという！　伯爵はあっというまに火だるまになり、あたりをのたうちまわったあげく死亡した。邸宅はほぼ全焼したが、家族および出席者は全員逃げて無事であった。

焼け跡にはいつのまに置かれたものか、黒つぐみの絵と声明文が残されており、壁に炭で〈てんとう虫の歌〉が書かれていた。声明文によれば、伯爵は愛人にいれあげたあげく公金を使いこみ、またその愛人を通じて賄賂を受けとり私腹を肥やしていたという。

なお、伯爵は枢密院の議長をつとめ、アルバート王婿《おうせい》殿下逝去以来、公式行事から身をひき引退したも同然の女王陛下を公《おおやけ》の場にひきだすべく、熱心に説得していた人物である』

第四章

お代は六ペンス

六ペンスの歌を歌おうよ
ポケットにライ麦つめこんで
二十と四羽の黒つぐみは
焼かれちゃってパイの中
さっくり切ったら歌いだす
王さまにぴったりの
ごちそうだろ?
王さまは蔵で金数え
女王は居間でお菓子をぱくり
女中は庭で洗濯物干し
そこへつぐみが飛んできて
鼻をちょんとついばんだ

メアリの髪を梳《と》かしながら、ロジーナは陽気に六ペンスの歌を口ずさんでいる。ローズブラウンの髪を三つ編みにしてから、シニョンにまとめる。それから地味なこげ茶色のボンネットをかぶせ、飾りのない紐《ひも》を結んだ。

メアリを鏡の前に立たせ、ロジーナはいたずらっぽい笑みを浮かべた。

「ごらんなさいませ、メアリお嬢さま。どこからどう見たって、伯爵令嬢だとは気づかれませんわ」

「ありがとう、ローズ」

鏡の中のメアリは、褪《あ》せた煉瓦色《れんがいろ》の粗末なドレスを着ている。サージの格子柄の布地はところどころほつれて糸が飛びだし、裾は擦り切れていた。見るからに労働者階級の服だ。メイドが着なくなったのを、こっそりもらったものだった。

肩にショールをはおり、メアリは部屋のドアをそっと開ける。廊下にはさいわい人気《ひとけ》がなかった。

「下町見物もけっこうですけれど、お早くお帰りになってくださいまし。奥さまに知られたらたいへんですわ」

そうは言いながらもロジーナはどこか楽しんでいる風である。

メアリはうなずいて、そっと部屋を抜けだした。

足音を忍ばせ、召使い用の階段をおりて裏口を出る。そのまま裏通りからウェストミンスター橋のほうへと向かった。テムズ河を挟んだ橋向こうの下町に行こうというのである。

ランベスのニューカット、ビヤホール、〈牡牛《おうし》の頭亭〉。

目的地を頭の中で反芻《はんすう》する。〈黒つぐみ〉の青年が口にした場所だ。メアリは、なにも彼の言う通り仲間になろうとして行くのではない。訊《き》きたいことがあるのだ。

先日殺されたのは枢密院議長だった公爵家《こうしやくけ》の嫡男。〈黒つぐみ〉は、財務大臣であるリチャードも殺すつもりだろうか？

青年は言っていた、『こんな悪い貴族なら〈黒つぐみ〉に殺されるのも当然、というほどの弱みを探していた』と。

もしそうなら——そんなことはさせない。

きゅっとメアリは手を握りしめた。

「あったかいゆでプディング、ひとつ半ペニーだよ！」

「ペパーミント水、一杯半ペニー！　ペッパーミントすーい」

「オレンジ二個で一ペニー、甘いオレンジだよー」

「靴墨はいらんかねー、半ペニーだよ、旦那！」

ニューカットの通りに近づくにつれて、喧騒《けんそう》が大きくなってくる。野菜だの魚だの古着だの、通りの両側にさまざまな露店が並び、四方から呼び売りの声が飛び交う。日曜の朝市。もう時間は遅く、終わりかけだろうがそのぶん呼び売りの声はかしましい。歩道の石畳には踏みつぶされた青菜が散らばっていた。

実のところ、メアリがこんな格好をして出かけるのはこれが初めてではない。ロンドンに来てはときどき労働者階級の姿に着替え、下町を歩くことがあった。

埃《ほこり》っぽい雑踏の中に身を置いて、呼び売りの声や行きかう人々の足音に包まれていると、妙に安心するような、逆に落ち着かなくなるような、不思議な心地がした。

――わたしの場所は本来ここなんだ。

そう、確認したいのかもしれない。けれど同時に、そう思うのが怖くもある。

いつまでも嘘をついているわけにはいかない。いつかは本当のことを言わなくちゃいけない。そう思いながらも、舌がとろけそうなお菓子を出されると、あたたかなベッドにもぐりこむと、卑怯《ひきょう》にも口をつぐんでしまうのだ。

それでも、ジュリアたちをだましている、そう思うと、耐えきれなくなって衝動的にすべて打ち明けたくなるときがある。

――わたしはあなたたちのメイじゃないの、ただの花売りのメイなの……

そうしたら、ジュリアは、リチャードは、もう一度〈メイ〉を失うことになる。それを思うと、苦しい。

けれど、それと偽者のメイがいるのと、どちらがひどいことだろう。偽者を本当の娘だと思って愛しているほうが、ずっと残酷なのではないのだろうか？

メアリは、そんなことを考えていつも、わけがわからなくなる。どうしたらいいのか、わからない。

本当のことを言わなくちゃ。でも、あの家を追いだされたくない。そのふたつのあいだで、メアリの気持ちはいつもひき裂かれている。

「あっ」

ぼんやり考えこんでいたメアリは、すれ違った人にぶつかり、転ぶ。手袋をしていない手のひらが、石畳をこすった。石畳はざらざらとして、水はけが悪いために濡《ぬ》れていて、その上に落ちた野菜くずやら食べ物のかけらやらが靴に踏まれどろどろになっている。

通りはせわしない人たちでごった返していて、地面にうずくまっているメアリに目をとめる者もいない。上から降ってくるような喧騒。テムズ河のすえたにおいに、魚や古い油の混じったにおい。懐かしい、と思うにはあまりにも汚くて、みじめで——でも、どこか肌になじむ。自分にはここが合っている、と思う。泥に汚れた町の姿が。

「——レディ・メアリ？」

うずくまったままぼうっとしていたメアリは、声をかけられてとっさに顔をあげてしまい、あわてた。しかし、声の主がだれだか知ってほっと息をつく。

「ラヴィントンさま」

いや——なぜほっとするのだろう。こんなところに、こんな格好でいるところを見せていい人ではないのに。

ジョシュアはメアリを見おろし、当然だろうが驚いた顔をしていた。

「なんでこんなところに。それにその格好——いや、その前にどうしてずっとうずくまっているんだ。転んだときに足でもひねったのか？」

「転んだところも見ていたんですか？」

それは恥ずかしい、と顔を赤くしながら立ちあがろうとしたメアリに、ジョシュアは手をさしだす。

「いいです、汚れてしまいますから」

そう断ったのだが、ジョシュアはかまわずメアリの手を握って立たせた。ぎゅっと握られた手の力強さにメアリはどきっとして、彼が素手であることにそのとき気づいてまたどきりとした。

「あの、どうして」

手袋をしていないんですか、と訊こうとして、メアリはジョシュアがいつもとはまったく違う出で立《い た》ちであることに気づいた。

ジョシュアはボウラーハットをかぶりくたびれたジャケットを着て、角がこすれた安物の靴を履いている。中流も下の商売人という感じだ。物腰やたたずまいが優雅なので、ちっともしっくりきていないが。

「こういうところに来るにはそれなりの格好ってものがあるだろ。君だってそうなんじゃないのか？」

言いながらジョシュアはジャケットからハンカチーフをとりだすと、メアリの手をとり汚れをぬぐいはじめた。メアリは驚いておろおろする。

「やめてください、ラヴィントンさま。汚れます」

「君こそやめてくれないか、その呼びかた。こんなところで爵位持ちと触れまわりたくない」

「は……あ。じゃあ、なんて呼べば」

「ジョシュアでいい」

さすがにそれは馴《な》れ馴れしいのではないか。と思うのだが、ジョシュアは気にした様子がない。「ケガはしていないようだな」とつぶやいて汚れたハンカチーフをしまいこむ。

「あ……ありがとうございます」

そう言うとジョシュアは不機嫌そうにふんと鼻を鳴らした。なにが気に入らないのだろう。

「それで、君はなんでこんなところに？」

「ええと……その、ときどき来るんです、こういうところ」

「だからなんで」

「……観光？」

「君は言い訳がへたくそだという自覚はないのか」

メアリはぐっと言葉につまる。

「まあいい。ひとりなのか？」

「はい」

ジョシュアは渋面になる。

「令嬢がひとりでこんなところに来るもんじゃない」

メアリはすこし驚いた。

「ずいぶん、まっとうなことをおっしゃるんですね」

「俺がまっとうじゃないような言いかただな」

「えっ……」

まっとうだと思っていることにびっくりするのだが。

「いま君がなにを考えたかだいたいわかるぞ」

「すみません」

「謝るようなことを考えたんだな」

「……」

メアリは目をそらす。

「ラヴィントンさまこそ」

「ジョシュアだ」

「……ジョ、ジョシュアこそ、どうしてこんなところへ？」

ジョシュアはにやりと笑った。

「観光だ」

……いやな人だ。

「それじゃあ、ご自由に観光なさってください。わたしはこれで」

と、その場を離れようとしたのだが、ぐっと手をつかまれひき戻された。手袋をしていないので、手のぬくもりがじかに触れてメアリはどぎまぎする。

「な、なんですか？」

「こういう場所は君のほうが慣れているだろう。案内してくれ」

「え、えっ？」

「なにか困る理由でも？」

メアリは困った。これから〈牡牛の頭亭〉を探さなくてはならないのに。――でも、そんなことは言えない。

「わかりました。わたしもこのあたりにはさほど詳しくないんですけど……それでもよければ」

「いい」

てきとうなところで終わらせよう、と思いながら、メアリはまずジョシュアの着ているウエストコートを指さした。

「とりあえず、その時計鎖《アルバート》はポケットにしまってください。そんな高価な物を見せていたら、掏《す》られるか、たかられるかしてしまいます」

ジョシュアのウエストコートのボタンホールからは、いかにも高そうな金の鎖が伸びていた。彼はすこし目をみはり、鎖をつまんだ。

「……ふん」

メアリに指摘され、面白くなさそうにしながらもジョシュアは言われた通り鎖をはずした。鎖につけていた懐中時計やら辻馬車用の呼び笛やらを一緒くたに胸ポケットに押しこむ。

メアリはちょっとばかり彼をやりこめることができたような気がして得意になった。

「気をつけたほうがいいぞ」

ジョシュアに言われ、メアリは「え？」と訊き返す。

「君は考えていることが顔に出すぎる。丸わかりだ」

メアリは両手でぱっと顔を押さえた。

「そういうところがだ」

ジョシュアは言って、すこし、苦笑した。困ったように。

――まただわ。

この人はどうして、わたしを見て途方に暮れたような顔をするのかしら？

メアリはジョシュアのそういう顔を見るとそわそわする。小馬鹿にしたように笑われるとむっとするのだが、こんな気持ちにはならない。

「じゃ、じゃあ行きましょう」

鼓動が速くなるのを感じて、メアリは顔をうつむけた。顔に出る、と言われたからだ。

「ロード……、ジョシュアは、こういう市場を知らないんですか？」

人波をすり抜けつつ、メアリは尋ねる。ジョシュアはうなずいた。

「知らない。母からすこしばかり聞いたことはあったが」

「女優だったっていう？」

言ってしまってから、メアリはしまったなと思った。社交界でひどいあつかいを受けたと聞いたし、話題にしたくないかもしれない。

が、ジョシュアは頓着した風もなく「ああ」と答えた。

「母は下町の生まれだったんだ。コヴェント・ガーデンの市場によく行っていたとちらりと言っていたことがある」

「コヴェント・ガーデンの市場もここととおなじか、ここ以上ににぎわっています。すごいんですよ、あちこちの通りが人と荷馬車でいっぱいになって、歩くこともできないの」

「へえ。母はそういうことは話さなかったから」

ジョシュアは懐かしむようにすこし目を細めた。それだからメアリは市場の様子をしゃべりつづけた。

「わたしが住んでたドルアリーレーンはその近くなんです。市の立つ土曜日になると本当にすごい騒ぎで、荷馬車には野菜が山みたいに積まれて、どこもかしこもキャベツやカブの山でいっぱい。花はそこで仕入れるの。スミレを両手にたくさん抱えていると、あたり一帯、とてもいいにおいがするのよ。部屋をスミレでいっぱいにしたらきっと素敵なのに、って思ったわ。どこかのお金持ちがそう思っていっぱいスミレを買ってくれないかしらって――」

メアリははっと顔を赤らめ口を閉じた。調子に乗って下世話な話をしてしまった。それに口調がくだけすぎた。相手は伯爵なのに。

ジョシュアはおかしそうにふっと笑った。

「それはいいな。俺は花はきらいだが、スミレならいいかもしれない」

その笑いかたがとてもやさしげだったので、メアリはどきりとしてしまう。驚いたのだ、そんな笑みを見たのは初めてだったから。

「母はそういう下町の話をしたがらなくてね。恥じていたんだろう、まわりからさんざん揶揄《やゆ》されて」

まわりというのは、社交界のことだろう。メアリは、それがどういうものだかわかる。上品な人々の揶揄は、とてもやわらかなとげだ。クリームの中のガラスのかけら。

ジョシュアはメアリの顔を見て、ああ、と声をもらす。

「君は恥じることはない。そもそも恥じる必要のないことだ、どこでどう育とうと」

メアリは首をふる。

「いえ、わたしはべつに――ただ、お母さまの気持ちが、よくわかると思っただけです」

ジョシュアは、胸をつかれたように一瞬息をつめ、メアリを見た。

「ああ――ああ、そうだな。母が生きていたときに、君がいればよかった。立場は違えど、愚痴を言うといい相手になっただろうに」

メアリは、どういう顔をしていいかわからない。ジョシュアの、とても繊細な部分に触れてしまった気がした。申し訳ないような、せつないような気持ちになる。

ジョシュアがすこし笑った。

「そんな顔をしないでくれ。困らせるつもりじゃなかったんだ」

「え？　いえ、そんな——困ってなんか」

メアリは頬をさする。困った顔をしていたのだろうか？　困っていたわけじゃない。どうしていいかわからなくて、途方に暮れるような気持ちだ。胸がきゅっとなって、息がしにくくなって。

「まあ母も覚悟の上で結婚したのだろうし。それに夫婦仲だけはよかったからな」

「きっと、先代のラヴィントンさまは大事になさっていらしたのでしょうね、奥さまのこと」

女優と結婚しようというのだから、そうとう惚《ほ》れこんでいたということだろう。が、ジョシュアは顔を曇らせる。

「大事にしていたというか……まあそうなんだろうが、あいつの考えていたことはさっぱりわからないな」

「あいつ？」

「父親だよ」

メアリは目をぱちくりさせる。父親のことをあいつ？

「ジョシュアは、お父さまと仲が悪かったんですか？」

ジョシュアは思いきり顔をしかめた。

「最悪だ」

「へ、へえ……」

「仲がいいの悪いのという問題じゃない。あいつはいたずら小僧がそのまま大人になったような男なんだ、悪魔の申し子だ」

「はあ」

「落とし穴に落とされたり、ベッドの上にヘビだのカエルだのを落としてきたり、俺はさんざんな目にあったんだ。そういうことを文字通り朝飯前にやってた男だぞ。あんなやつと母が結婚したのは最大の謎だ」

貴族には変わり者が多いと聞くが、先代のラヴィントン卿《きょう》もそうとう変わり者だったようだ。

「でも、おたがい恋に落ちて結婚なさったんでしょう。とてもすてきだわ」

下町生まれの女優が伯爵と恋に落ちる、なんてロジーナがよく読んでいるロマンス小説みたいですてきだ。

しかし、ジョシュアはつと目をふせて、瞳に影を落とした。

「俺はそうは思わないね。それで母はけっきょく最後にはろくな死にかたをしなかった。本気の恋なんてするもんじゃない」

——ろくな死にかた……。

ラヴィントン卿夫人が亡くなったのは、ラヴィントン卿が亡くなってすぐだという。ひどい亡くなりかたをしたのだろうか？

「だから、ジョシュアは遊びでしか恋をしないんですか？」

思わずそう尋ねると、ジョシュアは非難されたと思ったらしく、ぴくりと眉をよせた。

「君も説教か？　遊びでなんてやめろと」

「そういうわけじゃ……」

「だが、それに関しては説教には及ばないぞ。全員と手を切ったからな」

「え？」

メアリは驚いてジョシュアを見あげる。

「どうして？」

「べつに、なんだっていいだろう。気分だ」

「でも、それじゃ」

ああ、とジョシュアは今気づいたように、

「そうだ、君への頼みごとはなくなった。よかったな」

他人事《ひとごと》のように言って、うすく笑う。

「はあ……」

メアリは拍子抜けした。いつ記憶を消せと頼まれる――というか脅されるかと、びくびくしていたのに。

「なんだ、うれしくないのか？」

「うれしい、というか……」

メアリは今の気持ちをうまく言えない。びくびくしていたけど、でも、いっぽうで物足りないような気分もあって、それがなくなって、なんだか、なんだか……

――さびしい？

まさか。

ふるふると首をふっていると、ジョシュアがけげんそうな顔をする。

「頼みごとをしたほうがよかったのか？」

「違います！」

メアリはまた力いっぱい首をふる。ジョシュアは「変なやつだな」とつぶやいて、ふっと笑った。その笑みを見てメアリは、顔が熱くなった。そして、そのことに狼狽する。ぱっと顔をうつむけた。

――どうしちゃったのかしら、わたし。

メアリは顔を見られたくなくて、ぐんぐん先へ歩く。市場はまだ盛況で、売り買いする人々で混雑していた。前から歩いてきた人とぶつかりそうになって、脇によける。すると今度はそちらにいた人にぶつかり、メアリはよろめいた。

「メアリ！」

ジョシュアがうしろからメアリを抱きとめる。

「……大丈夫か？」

耳もとで聞こえた声に、メアリの耳が赤くなる。はい、と答えてあわてて離れた。

「なんだって急にひとりでずんずん進んでいくんだ。さっきも転んだろうに、学習しないんだな、君は。——ああ、ひょっとしてあれか？」

ジョシュアは前方に目をやる。メアリもそちらに目を向けると、そこには路上のパイ売りがいた。大きなブリキの保温容器を脇に置いて、白い前掛けをつけたパイ売りが大きな声で客を呼んでいる。

「焼きたて、あつあつの木苺《きいちご》パイだよ！　甘くておいしいよ！」

あたりにはパイのこうばしいにおいと、ジャムの甘い香りがただよっている。思わずごくんとつばを飲んで、メアリははっとした。

「ち、違います、あれを目当てに急いでいたわけじゃなくて」

「ちょうど小腹がすく時間だからな」

「だから、ちがっ……」

メアリが否定しているのにもかかわらず、ジョシュアはパイ売りのほうへと近づいていく。ジョシュアに気づいたパイ売りが愛想よく笑った。

「旦那、ひとつどうだい？　半ペニーだよ！　それとも銭投《コイントス》げするかい？」

「コイントス？」

「知らねえのかい。男ならパイを買うときゃみんなやるもんだ。表か裏か賭けて、旦那が勝ったらパイは無料《ただ》」

「負けたら？」

「一ペニー払ったうえ、パイはなしだ。さあどうする？」

「いいだろう」

にやりと笑ってジョシュアはポケットから六ペンス銀貨をとりだした。メアリは驚く。

「やるんですか？」

「ああ。言っておくが俺は賭けには強い」

銀貨を指ではじいて宙に投げると、手の甲に落としてさっと押さえた。

「表だ」

自信があるのか、ジョシュアは得意げに笑っている。パイ売りは「じゃあ俺が裏だ」と答えた。

ジョシュアは重ねていた手をどける。

王冠の絵。

裏だ。

「俺の勝ちだね、旦那」

ジョシュアは悔しそうに眉間に皺《しわ》をよせる。

「そんなわけない。もう一度だ」

「ええ？　旦那、いけませんや。賭けは一回きりだよ」

「いやだ」

「いやだって、旦那、子どもじゃないんだから」

あきれるパイ売りにもジョシュアはおかまいなしで銀貨を投げる。

「今度は裏だ」

しぶしぶパイ売りは答えた。「じゃあ、表で」

手をのける。ヴィクトリア女王のヤングヘッド。表だった。

ジョシュアの顔がますます悔しげにゆがんだ。

「もう一度だ！」

「旦那ァ、困るよそんな、商売にならないだろ」

パイ売りはいかにも迷惑そうに頭をかいたが、ジョシュアは聞かない。メアリは彼の上着の裾をひっぱった。

「ジョシュア、もうやめてください。勝つまでやるつもりですか？」

「当たり前だろう」

「……」

ジョシュアはそれから三度銀貨を投げた。ぜんぶはずれだった。

「おかしい。なんで一度も当たらないんだ？」

ジョシュアは険しい目で銀貨をにらみつけている。

パイ売りは渋面で、

「おかしいって言われたってこっちは知らないよ。さあ、買うんなら買う、買わないんなら一ペニー払ってさっさと帰ってくれ」

「いや待て、もう一回だけやろう。これで最後だ」

「ほんとに最後なんだろうね」

ああ、と言ってジョシュアは銀貨を投げる。落ちた銀貨の上に手を重ねると、彼はメアリに顔を向けた。

「君が選んでくれ」

「わたしが？」

メアリは目をぱちくりさせる。

「どうも今日の俺はついてないらしい。君に選んでもらったほうがよさそうだ」

「……はずれても最後にしてくださいね」

念を押して、メアリはジョシュアの手をじっと見つめる。

「じゃあ、表にします」

「よし、表だな。さあ、いいかげん顔を見せておくれ、麗しの女王陛下」

公式行事に出てこようとしない女王を皮肉っているのだろう。ジョシュアは手をのける。

——女王の横顔。

「表だ！」

ジョシュアの目が輝いた。宝物を見つけた少年のように。メアリはどきっとする。知らない男の子を見た気がした。

「まったく、子どもみたいな人だね、旦那」

パイ売りはあきれ顔で紙に包んだパイをさしだす。

「ほら、ごほうびの木苺パイだよ。これで満足かい」

「いや、もうひとつつくれ」

「無茶言うね！　ただでやれるのは一個だよ、旦那」

「そっちは払うさ。ひとつ半ペニーだったな」

そう言って、ジョシュアはパイをメアリにさしだした。メアリはあわてて首をふる。

「わたしはいいです」

「どうして。食べたかったんじゃないのか？」

「だから、ちが……」

違う、と言おうとしたのに、メアリのお腹《なか》はくう、と音を立てた。……おいしそうなにおいを嗅いだせいだ。

真っ赤になってお腹を押さえたメアリに、ジョシュアはこらえきれないように笑う。

「ほら。遠慮せずに食べればいいだろ。賭けに勝ったのは君なんだから」

おずおずとパイを受けとったメアリを、ジョシュアはもう一個のパイを手にして「行くぞ」とうながした。パイ売りの声が追いかけてくる。

「ちょっと旦那、お代！　半ペニー！」

「ああ、そうだった」

ジョシュアは足をとめ、ふり向きざま賭けに使った六ペンスを投げた。

「釣りはいい。商売の邪魔して悪かったな」

パイ売りは「こりゃどうも、またごひいきに！」と先ほどとは打って変わって愛想よく笑って帽子をとった。

「ふつうに買えば二個でも一ペニーなのに……」

メアリはまだほかほかのパイを見つめながら、つい貧乏くさい考えを口にしてしまう。

「ふつうに買うんじゃつまらないだろ」

ジョシュアはめずらしそうにパイを眺めている。こんなところで食べ物を買うのは初めてなのだろう。

メアリはパイをひとくちかじる。さくっという音とともに、パイ生地のこうばしさと木苺ジャムの甘酸っぱさが舌の上に広がった。

「……おいしい」

思わずもらすと、ふっとジョシュアが笑った。

――だから、そういう笑顔をしないでほしいのに。

いつもは皮肉げな笑みを浮かべているくせに、ふとそんなやさしげな笑みを見せられると、困ってしまう。胸が苦しくて、パイの味がわからない。

「――さて。これからどうする？」

パイを食べながら市場をうろつき、あらかたまわり終わったところで、ジョシュアが言った。

「どうするって……」

「帰るか？」

そう言われ、メアリはしゅっと胸がしぼんだような気がした。

市場の様子をものめずらしそうに眺めるジョシュアに、説明してまわるのは楽しかった。ジョシュアは子どもみたいになんでも興味深そうに近づいていくから――

メアリははっと我に返った。

——わたしは、ここになにをしにきたの？

〈黒つぐみ〉に会いにきたのだ。それなのに。

——なにを楽しんでいるんだろう。そんな場合じゃないのに。

するすると熱が冷めていった。

「か……帰ります」

帰ったふりをして、〈牡牛の頭亭〉を探そう。そう思ったのだが。

「じゃあ、屋敷まで送ろう。辻馬車を拾ってくる」

ジョシュアはそう言いだし、ポケットから呼び笛をとりだした。メアリはあわてる。

「いいんです、わたし、ひとりで帰れますから」

「婦女子が辻馬車にひとりで乗るものじゃない」

「歩いて帰ります。来るときもそうだったんです」

「だめだ」

きっぱりと、怒ったような調子でジョシュアは言う。

「君のようにぼやっとした人がふらふら歩いていたら、どうなるかわかったものじゃない。ここで会ってしまった以上送っていかなくては、俺が非難される」

こういうところが上流階級の人なのだな、とメアリは思う。どれだけ不品行であろうと、根は紳士である。しかし、こんなときに紳士道を発揮してくれなくてもいいのに。

メアリはなんと言ってこの場を切り抜けたものか、さっぱり思いつかず困り果てた。けれど、このまま帰るわけにはいかないのだ。リチャードの身になにか起こってからでは遅い。

「本当は、なにか用事があるんだな？」

ジョシュアが、腕組みをしてメアリを見おろしている。厳しい目をしていた。

「それも、そうやって変装してこっそり来なくてはならない用事だ」

ああ——もう。どうしてこの人にはぜんぶわかってしまうのだろうか。

メアリはうつむいた。どうしよう。逃げだしてしまおうか？　でも、彼はきっと逃がしてはくれない。

「メアリ」

名前を呼ばれてメアリはどきりとする。顔をあげると、ジョシュアの渋面があった。

「実は俺も、ここには遊びに来たわけじゃない」

しぶしぶ、といった様子でジョシュアは切りだした。

「人を捜しに来たんだ。何日か前になるが、このあたりで見かけて、あとを追ったが見失った。従僕に捜させてもみたが、らちが明かない。だから自分で捜しに来たんだ」

「人捜し……ですか？　だれを？」

ジョシュアは視線を落とす。言うのをためらっているようだった。しばらくして、目をあげた。

「俺の父が本当は生きているという噂を知っているか？」

唐突な問いに、メアリは面食らいながらもうなずく。

「はい。あの……父から聞きました」

「なら話は早い。その噂は事実だ」

「えっ」

メアリは目をみはる。先代のラヴィントン卿が生きている？　いや、しかし、そんなことをメアリに話してしまっていいのだろうか？

「父は失踪したんだ。その父らしき人物をここで見かけた。うしろ姿だけだったが……それでも他人と見間違うはずはない」

ジョシュアはその人物を捜すようにあたりを見まわし、それからメアリに目を戻した。

「君はときどき下町に来ると言っていたな？　それらしき男を見かけたことはないか？顔は俺とよく似てる。若いころの写真ではうりふたつだ」

ジョシュアによく似た男ならつい先日会ったばかりだが、彼の父親ではない。兄というならわかるのだが。

「見たことがあるんだな？」

メアリの顔色を見て、ジョシュアは断じる。そんなことまで顔に出てるのかしら、とメアリは頬をなでた。

「見たことがあるというか……あの、たしかによく似た人は見ましたけど、でも」

「いたんだな!?　どんなやつだった?」

がし、とジョシュアはメアリの肩をつかむ。メアリはうろたえた。

「どんなって、黒髪で、とてもきれいな琥珀色《こはくいろ》の瞳の」

「琥珀色の瞳」

復唱して、ジョシュアは手を離す。考えこむように指で顎をなぞっている。メアリはおずおずと話しかけた。

「あの、でもその人はジョシュアのお父さまではないと思います」

「なぜだ?」

「だって、お父さまという年齢には見えませんでした。あなたよりすこし年上くらい」

ジョシュアは落胆したように息をついた。

「そうか……しかし俺とよく似てるほどの美男子なんて、そうはいないと思うんだがな」

さらりとジョシュアは言う。まあたしかにそうだろうが、と思いつつメアリはあきれた。

「それで」

と、ジョシュアはメアリを見る。

「君がここに来た理由は?」

「え?」

「俺は正直に話したじゃないか。君も話すべきだ」

「え……ええ?」

ずいぶん一方的だ。ジョシュアの事情を話してほしいなどとメアリは要求していない。

ジョシュアはじっとメアリを見すえている。言い逃れなど許されない雰囲気だ。困った。

「あ、あの――」

どうしたものか、とメアリがしどろもどろ口を開いたとき、ジョシュアの顔色が変わった。メアリの後方に目が釘《くぎ》づけになっている。

「――いた!」

そう言うなり、ジョシュアは駆けだした。メアリがふり向くと、通りの角を曲がる黒いコートの人影が見えた。

――あれがジョシュアのお父さま?

メアリもつられてジョシュアのあとを追いかける。人混みの中なので、ジョシュアもそう速くは走れない。すぐうしろに追いついて、ふたりして角を曲がると、黒い人影はちょうど裏通りに入っていくところだった。

「待て！」

裏通りに足を踏み入れ、ジョシュアは立ちどまる。メアリも思わず足をとめた。

表通りの喧騒が嘘のように人気《ひとけ》がなく、あたりはひっそりとしていた。人がいないせいか、火が消えたようにうす暗く感じる。じめじめとしていて、すえたにおいがした。

男の姿は影も形もない。立ち並ぶ建物のどれかに入ってしまったのだろうか。路地にある建物は、住居だったり店だったりするようだがいずれも扉が閉ざされ、静まり返っている。煉瓦造りの壁はかびで黒く汚れ、空堀《エアリア》にはごみが溜《た》まっていた。

「どこへ行った……？」

あたりを見まわしながら、ジョシュアはゆっくりと路地を進む。メアリもおなじようにまわりを見渡し、路地に突きでた看板のひとつに目がとまる。看板には、牡牛の頭が描かれていた。

――〈牡牛の頭亭〉！

「お久しぶりですねえ、レディ・メアリ」

愕然《がくぜん》としていたメアリの耳に、おぼえのある声が聞こえてきた。ふり返れば、いつのまにいたものか、あの人形遣いが顔に笑みをはりつけ、立っていた。今日はジャケットから靴まで、黒ずくめの出で立ちだ。

「おまえは人形芝居のときの」

ジョシュアがいぶかしげな声をあげる。人形遣いはジョシュアに目を向け、慇懃《いんぎん》に礼をした。

「ジャックと申します、ラヴィントン卿。おふたかたとも、ようこそ、〈牡牛の頭亭〉へ。あるじが中で待っております」

「〈牡牛の頭亭〉？」

ジョシュアが看板を見あげる。それから人形遣い——ジャックを見た。

「俺はビールを飲みにきたわけじゃない。あるじとはだれだ？」

「中にお入りになればわかります」

「おふたかた、と言ったな？　なぜメアリもなんだ」

「レディ・メアリのご用事も、この中にあるからですよ」

「そうなのか？」

ジョシュアがメアリをふり返る。メアリはしかたなくうなずいた。ごまかしようもない。

キイ、とだれも手を触れてはいないのに、店の扉が開いた。ジャックが中へとうながす。メアリとジョシュアは、おたがい、いくぶん躊躇《ちゅうちょ》したあと、中へと入った。

店の中は狭く、うす暗かった。路地に面した窓は鎧戸《よろいど》が閉じたままで、いくつかあるテーブルの上に置かれた獣脂ろうそくだけが、明かりを揺らめかせている。だれもいない。

右手にあるカウンターにも、テーブルにも人の姿はなく、暗闇がひっそりと隅にわだかまっていた。

獣脂の燃えるいやなにおいが肌にしみこんでくるようで、メアリはショールをかき合わせる。

「狭くてすみませんねえ。こちらへどうぞ」

カーテンで仕切った店の奥へ進んだジャックが、壁にかかっていた、ビヤホールには不釣り合いなしゃれたブラックワークのタペストリーをめくる。壁をするりとなぞると、どういう仕掛けなのか、かすかな音を立てて入り口があらわれた。

ジャックが、どうぞ、と手でしめす。ドアの向こうは地下へとつづく階段で、店内よりもいっそう暗い闇が口を開けていた。

「真っ暗じゃないか」

ジョシュアが不満をもらすと、ジャックはぱちんと指を鳴らす。そのとたん、階段にあったランプにいっせいに火がつき、ぼうっとあたりを浮かびあがらせた。

石造りの狭い階段だ。いくらかためらったあと、ジョシュアは静かに足を踏みだす。

こつ、こつ、とゆっくり階段をおりていく足音が、彼の迷いと不安を伝えていた。

ジャックが無言でメアリをうながす。メアリはひとつ深呼吸すると、スカートをたくしあげて、足を滑らせないよう慎重におりていった。

階段はずいぶん長くつづいているように感じた。下までおりて、メアリは驚く。そこは半円形の、広々としたホールになっていたからだ。

壁にある銀の燭台《しょくだい》にはろうそくの火が燃え、床には深紅のビロードが敷かれている。円状の壁にはいくつか、大きな樫《かし》の扉がついていた。正面の扉が、ギイ、と重々しい音を立てて開かれる。中から声がした。

「どうぞ、入りたまえ」

低く、やわらかで、ジョシュアとよく似た美しい声。――オールド・ノルと名乗ったあの青年の声だ、とメアリは悟る。

ジョシュアが先に部屋へと入った。メアリがつづくと、扉がまたきしんだ音を立て、閉まる。

そこは、貴族の邸宅で見るような、豪奢《ごうしゃ》な部屋だった。

赤い壁紙に、臙脂《えんじ》の絨毯《じゅうたん》。曲線の優美なロココ様式のチェストやテーブル、猫脚の深紅のソファ。そのソファに、美しい青年がゆったりと腰かけている。

黒ずくめの出で立ちに、琥珀色の瞳。とても美しい、ジョシュアとうりふたつの青年。

彼は瞳を蠱惑《こわく》的に細め、ほほえんだ。

「やあ、よく来たね」

優雅に手をさしだし、目の前に置かれた椅子をすすめる。

「どうぞ。かけたまえ」

彼の声音は低く甘く、やさしげで丁寧だったが、反駁《はんばく》を許さないものがあった。メアリもジョシュアも、気圧《けお》されたように無言で椅子に腰かける。

「驚いたかい？　ここは会合場所のひとつでね、ほかにもあるんだよ」

すらりとした足を組み、彼はうれしさを隠しきれないといった様子でしゃべっている。

「ジョシュをひきよせたのはわざとだがね、メイ、君までこんなに早く来てくれるとは――」

「あんたはだれだ」

青年の言葉をさえぎり、ジョシュアが硬い声を投げた。青年が唇をつりあげる。

「だれだと思う？」

「……訊いているのは俺だ」

「変わらないな、その生意気な口のききよう。短気なところも。だれに似たんだか。サラも私も気は長かった」

サラ、という名前にジョシュアの眉がぴくりと動く。聞いたことのある名前だ、とメアリは記憶を探った。

サラ——たしか、ラヴィントン卿夫人の名前だ。

「百合《ゆり》の花は、墓前に供えてくれたか？　サラの好きだった花だ。おまえのところに置いてくるよう、仲間に頼んでおいたのだが」

「あの百合——！　おまえのしわざか。悪趣味な」

「天蓋の幕を閉じるのが怖いんだって？　まったく繊細だな、あいかわらず」

きっとジョシュアは青年をにらむ。青年はくっと喉を鳴らした。

「質問に答えてない。あんたはだれだ」

青年は、やれやれと首をふった。

「その口のききかたは感心しないな、ジョシュ——父親に向かって！」

——父親!?

メアリはぎょっとして目の前の青年の顔を見た。まさか。どう見たって二十代だ。

「嘘だ。あいつならもうとうに五十をこえてる」

「『事情があってこの家を去る。死んだものとしてあつかうように』——そんなだったかな、私の残した書き置きは」

ジョシュアが息を呑《の》んだ。

「なんで、それを知って——」

「だから、おまえの父親なんだよ、私は。先代のラヴィントン伯爵、オリヴァー・アシユレイだ。困ったものだな。どうやったらわかるんだろうね、この不肖の息子には」

ふむ、と青年はしばし目をふせる。琥珀の光がうすれ、メアリはふっと背中のこわばりがとけた。が、ふたたび目をあげた彼に背筋を伸ばす。

ひどく緊張しているのが自分でもわかった。彼はそういう人なのだ。目の前にいる者を、絶対にくつろがせたりはしない。まなざしの力ひとつで。

「なら、ふたりにしかわからない秘密を話そうか。ラヴィントンの屋敷の書斎の、書架にある小さな隠し扉。おまえはあれを、こっそり開けたことがあるね。中に入れてあった、私からサラへあてた手紙を読んだ。次の日またこっそり扉を開けると――」

青年はにやりと笑う。

「おまえの大きらいなカマキリがいた。その晩、おまえは元気がなくて食事もろくに喉を通らなかったな。私が言ったことをおぼえているかな？『どうしたんだジョシュ、カマキリでも見たような顔をして』――ははは、あのときのおまえの顔は傑作だったよ、カマキリみたいに真っ青になって！」

ジョシュアはさっと顔を赤くして、唇をわななかせている。「そんな――まさか――」

あえぐように言って、口を押さえた。

「わかってもらえたかな？」

にやにや笑う青年に、ジョシュアは苦々しく声をしぼりだした。

「……性悪親父《おやじ》め」

「ひどい言いようだ」

でもわかってもらえたようだね、と青年——オリヴァーは、ひじ掛けにもたれ、愉快そうにうすく笑っている。そのさまはジョシュアと実によく似ていた。

「なんでそんな姿なんだ。若返ったとしか思えない」

ジョシュアはきついまなざしを向けたまま、詰問する。

「ご明察。若返ったんだよ。だから私は家を出ざるを得なかったんだ」

オリヴァーは淡々と言った。

「はじまったのは四十になった年だ。すこしずつ私の体は若返り、サラよりも若くなって、そのうち到底ごまかせないまでに若くなってしまった。おまえは気づかなかっただろうね、私はそのころにはもう、部屋から一歩も出ずに、サラにすら顔を見せていなかったから」

——若返った。

まさか、そんなことが。

メアリは信じられない思いでオリヴァーの姿を眺める。

「ジョシュ、おまえならわかるはずだ。ラヴィントンの血筋であるおまえならね。書斎にあったご先祖さまの本は読んであるだろう？」

ラヴィントンの血筋？　メアリはジョシュアを見た。彼はしばし呆然《ぼうぜん》としていたが、そう言われて表情をひきしめる。納得したようだった。

「……読んださ。しかし――そんな体になったとしたって、なにもいなくならなくともよかったじゃないか。屋敷にひきこもって、だれとも会わなければ」

「だれとも会わない、というのは実際むずかしいものだよ。召使いもいる。領民もいる。そうなると、人の口に戸は立てられないからね」

でも、と反論しかけ、ジョシュアはやめる。それから改めて尋ねた。

「それで、なんで今になって姿をあらわした」

「ずいぶん情のない言葉だね、ジョシュ。その礼儀のなってない言葉遣いも困ったものだ。もっと厳しい指導教師《チューター》をつけるべきだったな」

「うるさい」

くっくっ、とオリヴァーは楽しげに笑う。

「なぜ姿をあらわしたかって？　もちろん、目的があってのことさ」

彼は組んでいた足をほどき、身を乗りだした。

「〈黒つぐみ〉」

メアリははっと息をつめた。

「あれは私の作った組織だ。奇妙な体、奇妙な力、それ故《ゆえ》人に疎んじられる者たちが集まる組織。手を触れずに物を動かせる者もいれば、マッチも使わずに火をつけられる者もいる」

「〈黒つぐみ〉だと？　あれは革命家きどりの犯罪集団じゃないのか」

ジョシュアが眉をひそめる。オリヴァーは笑った。

「その通りだよ、ジョシュ。今はね。だけど――革命が起こらないと、どうして思えるんだ？　おまえも案外、のんきな貴族だ」

ジョシュアがむっとした顔をする。

「二十年前ならともかく、今の時代に革命なんて言葉はそぐわない」

「だからのんきだと言うのだよ。時代はちょっとしたはずみで風向きが変わるものだ。十年前、家を出た私が向かったのはどこだと思う？　イタリア？　フランス？　いいや、インドさ。砂糖のプランテーションを買いとってね。そこでひと財産築いて、貿易会社を興した。本社は五年前からロンドンにある。これでもちょっとした実業家なんだよ」

「おまえは本当に短気だ。十年前のインドだよ。なにがあったか知らないのか？」

ジョシュアは興味なさそうに鼻を鳴らした。オリヴァーは大仰に息をつく。

メアリが気づく。

「戦争が……たしか、傭兵《ようへい》の起こした反乱がひきがねになって」

オリヴァーは意外そうに眉をあげた。

「君の家庭教師《ガヴァネス》はそんなことまで教えてくれるのかい。いいことだ。そうだよ、大きな反乱があった。なにがきっかけだったか知ってるかな？」

たしか、弾薬包みに牛脂と豚脂が使われているという噂が流れて、東インド会社の傭兵たちが暴動を起こしたのだ。イスラム教徒やヒンドゥー教徒の傭兵たちにとって、豚や牛は宗教的禁忌である。

メアリがそう言うと、オリヴァーは満足そうにうなずいた。

「君は優秀な生徒のようだね、メイ。暴動はまたたくまにインド全土に広がった。わかるだろう？　きっかけというのはとてもささいなことなんだ。そして火がつけばあっというまさ」

オリヴァーはうすく笑っている。きなくさいものを感じてか、ジョシュアが眉をひそめた。

「……だからなんだっていうんだ？　あんたは暴動を起こしたいのか」

「暴動というのは、ジョシュ、きっかけだよ」

「なんの」

「混沌《こんとん》の」

オリヴァーはふたたび足を組み、ソファにもたれかかった。

「三、四十年代の過激な労働運動は鎮火されたが、火種はつねにくすぶっている。私はそこに油をそそいでいるのだ。支配体制を揺るがしかねない労働者たちを、政府はおそれている——だから選挙法の改正法案は成立しない。だが、彼らはそのために自ら身を滅ぼすのだと知るだろう」

政府を、つまりはこの国をつぶすのだと、この男は言っているのだろうかと、メアリは混乱する。なぜ?

「どうしてそんなことを。なにが目的なんだ」

おなじことを思ったのだろう、ジョシュアがうめくように言った。

「王政の打倒——とでも言おうか」

オリヴァーの答えに、メアリはあっと声をあげた。

「だから、〈オールド・ノル〉……?」

オリヴァー・クロムウェル。清教徒革命——王政の打倒だ。

「ちょっとしたしゃれさ。たいした意味はない」

オリヴァーはおかしそうに笑った。

「アルバート公が死んでもう何年もたつというのに、女王は喪に服したまままいっこうに表に出てこない。姿をあらわさぬ女王などいないも同然だ。王室不要論が出るほど、国民の心は王室から離れている。その通り、いらないのだよ、女王など」

そう言ったときのオリヴァーの瞳が、一瞬鋭くきらめいて、メアリはぞくりとする。

――オリヴァー・クロムウェルは、国王チャールズ一世を処刑した……

「まさか、女王陛下を――」

「たいした意味はないと言ったろう？　私はそこまで愚かではないよ。女王には今まで通り、隠居していただければいい。女王の特権は返上していただくが。だってそうだろう？　義務も果たさぬ女王に女王の名はいらない」

ジョシュアはひどく冷めた顔でひじ掛けにもたれた。

「共和制は十年程度しかもたなかった。この国には王が必要だ。あんたの計画は成功しない」

「十年は短いと思うか？　私は上等だと思うね。当時とは民衆の意識も違う。議会にもすでに私の仲間を送りこんでいる。ぬかりはないさ。そして私はクリスマスを禁止したりしない」

オリヴァーはくっくっと笑った。

王政が廃止された共和制当時、厳格な清教徒主義《ピューリタニズム》にもとづき娯楽をとりしまり、クリスマスまでもが禁止されたことを揶揄《やゆ》しているのだ。

ひとしきり笑って、オリヴァーは「さて」と言った。

「私がここまで話したのは、むろん暇つぶしのためではない。我々の仲間になってもらうためだ」

「なぜだ？　おまえは今のこの国が好きなのか？　サラを冷たくあしらった女王に、貴族に恨みはないのか？」

ジョシュアは否定も肯定もせず、オリヴァーをにらみつけた。

「それをあんたが言うのはお門違《かどちが》いだ。母さんが死んだのはあんたのせいだろう。母さんを冷たい世界にひっぱりこんでおいて、あんたは放りだしたんだ。母さんの死に際がどんなものだったか、あんたは――」

「知っているさ」

オリヴァーはぞっとするほど冷たい声を出した。

「だが、それこそおまえが口を挟むことではないよ。私とサラのことは私たちにしかわからない。――ジョシュ、おまえ、今困っていることはないか？」

「なんだって？」

「おまえのアザはどこにある？」

ぎくり、とジョシュアの顔がこわばった。

――アザ？

「馬鹿な」

ジョシュアは即座に言い捨てる。

「仲間になんか、なるわけないだろう」

メアリはふたりの顔を見比べる。

「知っているよ、ジョシュ。私に知らないことはないんだ。訊けばみな答えてくれるからね。たとえば、おまえの恋人だった女に『ジョシュの体にアザはあったか』と――」

ガタン、と音を立ててジョシュアは椅子から立ちあがった。

「あんたは本当に悪趣味だ。会うんじゃなかった」

そのままきびすを返し、部屋を出ようとする。

「ジョシュ、座りなさい」

冷たい声でオリヴァーが命令した。

「うるさい――」

気色《けしき》ばんで声を荒らげたジョシュアは、しかし、くらりとよろめいたかと思うと、崩れ落ちるように椅子に腰をおろした。

「……？」

ジョシュアは呆然として自分の体を見おろしている。

――座らせたんだ。

メアリは、公園で自分を動けなくしたあの声を思いだす。

人を操るオリヴァーの声。

「人の話は最後まで聞くものだ、ジョシュ」

からかうような口調のオリヴァーを、ジョシュアはきっとにらみつけた。

「今、なにをした」

「なに、ちょっと言うことを聞いてもらっただけさ」

くく、と肩を揺らし、オリヴァーは冷たい笑みをジョシュアに向ける。

「私には〈しるし〉がふたつある」

そう言うとオリヴァーは黒のクラヴァットをほどき、シャツの襟もとをはだけた。喉にひとつ、胸のあたりにひとつ、アザがある。喉のアザは赤黒い斑点、胸のアザは紫のスミレの花びらのようだった。

「ひとつは若返りの」指でスミレ色のアザをなぞり、「もうひとつは服従の声の」喉のアザをなぞった。

「ラヴィントンの一族の中でも私は稀有《けう》な存在だ。これは宿命だと思わないか？　この国を手に入れるために神が私に与えた体と力――」

「あんたは神なんか信じてやいないくせに」

オリヴァーは忍び笑いをもらした。ゆったりとした手つきで襟を直しながら、ジョシュ、と呼びかける。

「おまえの体もそうとう厄介だ。事情を知らない者におまえを理解することはできないだろう。だが、私のもとに来るならそんな悩みもなくなる。どうだ？　おまえの貴族院の議席と広大な所領とひきかえに、安住の場所を手に入れないか？」

「目的はそっちか。息子の身の上より議席と財産が欲しいんだな」

「もとは私のものでもあるしな」

「あんたはそういうやつだよ」

吐き捨てるように言って、ジョシュアは髪をかき乱した。

「あんまり私を人でなしのように言わないでくれ。メイが誤解するだろう。せっかく仲間になりにきてくれたというのに」

メアリはほっとしてかぶりをふる。

「ち、違うわ！　そうじゃない」

「なんだ、違うのかい？　まあいいよ、五月まではまだ時間がある」

さほどがっかりした様子を見せず、オリヴァーは笑う。

「訊きたいことがあって来たの。枢密院議長を殺したでしょう」

「ああ、あの男か。あれは女王にしつこく公務に復帰するよう訴えていた男でね。余計なことを。邪魔だったので始末したよ」

あっけらかんと言うオリヴァーに、メアリは体が震えた。

「……お父さまもそうやって殺すつもり？」

「ハートレイ卿のことかい？　さてね」

オリヴァーはひどく酷薄そうな笑みを浮かべた。

「どうしたい？　君次第だと言ったら？」

メアリは絶句した。

「オリヴァー！」

ジョシュアが怒気をはらむ声をあげた。オリヴァーは興ざめしたようにこめかみを押さえる。

「冗談だよ。私はそういう無粋な真似《まね》はきらいなんだ。メイ、素直さは美徳だが、ときに傷になる。弱みをそう簡単に見せるものではないよ。こうしてつけこまれかねないからね」

父子《おやこ》そろっておなじようなことを言う。メアリは唇を噛《か》んだ。ジョシュアが苦々しい顔をしている。

「それからジョシュ、父に向かって呼び捨てはないな。昔のように『父さま』と呼びなさい。ああ、これは命令ではないよ。希望だ」

オリヴァーは機嫌よさそうに笑う。

「昔のおまえはかわいかった。私のしかけたいたずらのことごとくにひっかかって！」

「あんたは昔も今も最低だ」

いらいらとした様子でジョシュアは言い返す。席を立ちたくても立てないのかもしれない。

「生意気でかわいい私のジョシュ、忠告しておくよ。間違っても我々の邪魔をしようなんて思わないことだ。警察に密告？　無駄だよ、ここの入り口は仲間でしか開けられないし、退路だって用意してある。我々の計画を伝えたところで彼らにはどうしようもない。私の正体など、だれも信じやしないだろう。いいね、ジョシュ。邪魔はしないように。邪魔をするなら」

あとは言わず、オリヴァーはくぐもった笑い声を響かせた。いやな笑い声だった。

「今日のところはもう帰してあげるよ。五月祭《メイ・デイ》じゃないからね」

オリヴァーはパチンと指を鳴らす。ギイ、と樫の扉が開いた。

ジョシュアが立ちあがる。いまいましそうにオリヴァーをにらみつけたあと、「帰るぞ」とメアリの手をひっぱった。ぎゅっと手を強く握りしめられ、メアリは息をつめる。

そのままジョシュアは乱暴にメアリの手をひいて部屋を出た。ホールを突っ切り、階段を駆けあがる。メアリはスカートの裾を踏まないように、あとをついていくのでやっとだった。

あいかわらずうす暗い店の中に、ジャックはもういなかった。店の外に出てもだれもいない。それでもジョシュアは足をとめようとせず、道をめちゃくちゃに、先へ先へと進んでいく。次第にそれは駆け足になり、まるでなにかから逃げるかのように、ジョシュアはわき目もふらず走りつづけた。

メアリはなんどもつまずき、転びかけ、つかまれた手が離れた。そのたび彼は手をつかみ直し、メアリをひきずるようにして走った。

「待って、ジョシュア。待ってください！」

なんどもそう叫び、彼がようやく立ちどまってくれたのは、やみくもに路地を抜け、明るい陽《ひ》のふりそそぐ目抜き通りに飛びだしたときだった。

建物の陰になっていた細い路地から急に出てきたものだから、陽光に目を打たれる。立ちどまって正解だった。石畳の歩道を多くの人々が行きかい、その向こうでは馬車が土埃をあげている。

ジョシュアは肩で息をしながら、だらりと手を垂らす。

やっと手を解放されて、メアリはきつく握りしめられていたところをさすった。くっきりと赤く、指の跡がついている。

手の甲にぴりっとした痛み。手が離れた際に爪があたったのか、ひっかいたようなみみず腫れができていた。

「すまない」

傷を見て、ジョシュアが顔をゆがめた。「怪我《けが》をさせてしまった」

「こんなの、怪我のうちに入りません」

驚いて、メアリはかぶりをふる。ただのひっかき傷だ。一日たてば消えるだろう。下町で暮らしていたころは、もっとひどい怪我だってたくさんした。

ジョシュアはメアリの手をとり、傷を検分するようにじっと見つめる。もう片方の手で、赤く腫れた線をそっとなぞった。メアリはびくりと震える。

「痛むか？」

「いいえ」

頬に血がのぼる。傷の痛みとは違う、やわらかな痛みが胸に広がって、メアリの喉をつまらせた。ジョシュアの指先は、ひどくやさしい。

「ずいぶん走ったな。こんなに走ったのは子どものころ以来だ」

ずっと走ってきたせいで、ジョシュアの額には汗が浮かび、黒髪が濡れて張りついていた。顔色も悪い。

「大丈夫ですか？　顔色が……」

声をかけた拍子にジョシュアがよろめいて、メアリはとっさにその体を支えた。長身の彼の体重がのしかかり倒れそうになったが、なんとか路地の日陰につれていく。壁に体をもたれさせると、ジョシュアは胸を押さえ、かすかにうめいた。メアリはうろたえる。

「ど……どこか具合が悪いんですか!?」

「いや……、ちょっと立ちくらみをおこしただけだ。大丈夫だ」

「そんな」

青い顔をして苦しげな声で言われても、説得力がない。だがジョシュアは、メアリがおろおろして手を貸そうとするのを払いのけ、「大丈夫だ」とくり返した。

メアリは触れた手の冷たさにはっとする。ぬくもりが失われ、氷のように冷たくなっている。さっき触れられたときとはまるで違う冷たさだった。

「大丈夫じゃないです、手がすごく冷たい……！　お医者さまを、いえ、お屋敷に知らせたほうがいいのかしら。とにかく、このままじゃダメです」

「自分の体のことはわかってる。大丈夫だ――今はまだ。すこし休んでいれば動けるようになる」

「でも……」

なおも言いつのると、ジョシュアはけだるそうにまばたきをして、メアリのほうへ顔を向けた。手を持ちあげてメアリの頭の上に乗せる。大丈夫だ、と言いたいのだろうか。

それから手をおろしていって、メアリの片手をとった。やはり指はしんと冷えている。

「じゃあ、すこし頼みを聞いてくれ」

「え、ええ。なんですか？」

「しばらくこうして手を握っていてくれ」

冷たい指が暖をむさぼるようにメアリの指をからめとり、ぎゅっと握った。

喉の奥のほうで、ひゅ、と息がからまる。首筋から熱が立ちのぼっていくのがわかった。

「――ごめん」

体をこわばらせたメアリに、ジョシュアはおびえたように手をひっこめた。まるで彼らしくない臆病な仕草。唇についた口紅を、手で無造作にぬぐうひとが。

どちらが本当なのだろう。

メアリは手を伸ばし、彼の両手を包みこんだ。

ジョシュアがはっと息を吞む気配がする。メアリは顔をあげなかった。

指は、冬のさなかに路上で立ちっぱなしだったかのように冷たい。温めようと懸命にその指先をこすった。

「あたたかいな、君は」

ジョシュアはぽつりともらすと、身をかがめ、メアリの肩に額を押しつけた。メアリは一瞬身じろぎしたが、それを押しのけようとは思わなかった。

自分の中に、なにか言い知れぬ思いが芽生えていることに、メアリはもう気づいている。

あたたかくてまぶしいもの。

けれどそれに触れようとすると、目に見えない糸が体をとりまき、執拗《しつよう》にひき戻そうとする。

ふり返れ。

鏡を見てみろ。

おまえは何者だ。

そんな声が聞こえる。

――わたしはメイ。花売りのメイだ。

「……ありがとう。もう大丈夫だ」

しばらくして、ジョシュアはそう言って体を離した。言葉とはうらはらに元気はなさそうだったが、顔色はすこし戻っているようにも見える。

メアリは両手を胸の前で握り合わせ、一歩うしろへさがった。それ以上、近づいてはいけない気がした。

「辻馬車を呼んできます」

「ああ――いや、俺が行こう」

ジョシュアは額に張りついていた髪をかきあげた。だるそうな、緩慢な動きだった。

「呼ぶくらいわたしでもできます。ジョ――ラヴィントンさまはここで待っていてください」

ジョシュア、と呼ぼうとして、あたりに気遣うべき人影がないことに気づき、言い直した。ジョシュアはゆっくり目をしばたたく。

「名前」

「え？」

辻馬車を呼びに行きかけたメアリを、ジョシュアは呼びとめる。

「俺のことは、名前で呼んでくれないか。さっきまでみたいに。ジョシュア、と」

「……でも、もう」

「頼む」

メアリは言葉につまる。どうして、と訊きたかったが、ジョシュアはひどく心細げに、すがるような目で見ている。それに負ける。

「ジョシュア」

舌に乗る彼の名前は、どこか甘く、苦い。

ジョシュアはほっとしたように目をふせ、かすかに笑った。メアリは、今度こそ彼に背を向け、のろのろと歩きだした。

今のわたしの姿は、偽《いつわ》り。

わたしは伯爵令嬢なんかじゃない。

わたしは、嘘をついている。

それを知ったら、彼はどんな顔をするだろう――？

ウェストミンスター橋までジョシュアとともに辻馬車に乗り、そこから歩いて帰ってきたメアリは、裏口の使用人通路からそっと屋敷に戻った。

メアリは物思いに沈み、うつむきながら廊下を歩いた。

そんな風だったから、いつもはまわりに注意を払うのに、ぼんやりしていたのだ。

部屋の近くまで来て、顔をあげたときになってやっと、ドアの前に立っている人物に気づいた。

はっと身をすくめる。なにもかも遅かった。

「お母さま！」

上品なライラック色のドレスに身を包んだジュリアが、青ざめた顔で立っていた。

「どこへ行っていたの、メイ。そんな格好で」

声は震えている。怒っているのだ、とメアリはスカートを握りしめた。

「すこし散歩に――あの、この格好は――」

「いいえ、メイ。すべてミス・グリーンから聞いています。あなた、ときどき下町へ行くことがあるそうね」

ジュリアは一歩前に進みでて、メアリの手をとった。

「どうしてなの？　メイ。なにか不満でもある？　そんな格好をして、下町に行って、あなた、まさか――まさか、あそこへ戻りたいわけじゃないでしょう？」

「それは」

違う、と言いかけ、メアリはうなだれた。

違う――のだろうか。

ここの生活に不満なんてあるはずがない。

父も母もやさしく、お腹はつねに満たされ、ベッドはあたたかい。それを不満に思う娘がどこにいるだろう。それを失いたくなくて、他人の記憶だって消したのに。

――だけど、それは、本当は、わたしがもらっていい幸福じゃない。

本当のメアリのものだ。花売りのメイのものじゃない。

「お母さま、わたし」

こらえきれなくなって、メアリは顔をあげた。ジュリアと目が合う。彼女はなにかを恐れるように顔をこわばらせ、さっとメアリから身をひいた。

その瞬間、メアリは悟ってしまった。

言わないで。

ジュリアの瞳は、そう訴えていた。

言わないで。それ以上、なにも言わないで。

――お母さまは、知っている！

「お母さ……」

「メイ、ごめんなさい、叱っているわけじゃないのよ。ええ、ええ、散歩だったのね。それはけっこうなことよ。でも、ひとりでこっそり出かけるんですもの、心配したのよ。わかってくれるでしょう？」

「お母さま、わたしは」

「もちろん、散歩をとめたりなんてしないわ。自由にしていいのよ。だから、だから、お願いだからどこへも行かないで。いなくなったりしないで。お願いよ、メイ。このままここにいて。いてくれるでしょう、メイ。わたくしから二度も娘を奪わないで」

ジュリアは泣いていた。

メアリの手にとりすがり、握りしめ、懇願する。

――いつから。

いつから、知っていたのだろう。

知っていて――知りたくない、と訴える。

それなら、メアリにはいったいなにが言えるだろう。

なにも、言えるわけがない。

見えない手に口をふさがれたようだった。

「メイ。わたくしのかわいいメイ」

ジュリアはメアリを抱きしめる。初めて会ったとき、そうしたように。

メアリはただ呆然と抱きしめられていた。

ジュリアがメイ、とくり返すたび、体に幾重にも鎖がからみついてくる気がした。

甘く、やわらかな鎖が。

第五章

ひとりぼっちの小鳥が二羽

鳥が二羽、石の上にとまってた
一羽は飛び立ち、一羽は残った
そのあと一羽も飛んでいって
石の上にはだれもいない
だから石はかわいそうに
ひとりぼっちになっちゃった

歌を小さく口ずさみながら、少年は屋敷の廊下を歩いていた。手には白い百合が一輪、しっかりと握られている。百合は、母のサラがいちばん好きな花だった。

父がいなくなってから、母は臥《ふ》せっている。

——どうして、父さまはいなくなってしまったのだろう。僕たちを残して。

僕たちは捨てられてしまったのだろうか？　母さまの言うように。

父母は、少年から見ても非常に仲睦《なかむつ》まじかった。熱烈な恋愛結婚だったという。それなのに、父は母を捨て、母は父を恨んでいる。

母の病状を思うと、少年の足どりは重くなった。とぼとぼと廊下を歩く。

「鳥が二羽、石の上にとまってた……」

また、歌を口ずさむ。

父さまはいなくなったけど、母さまはいる。だからこの歌みたいに、僕はひとりぼっちじゃないんだ。

少年は母の寝室に入った。

昼だというのに、カーテンはぴったりと閉じられ、部屋はうす暗い。天蓋の幕もすきまなく閉じられていた。

少年はベッドに近づき、そっと幕を開ける。母を起こさないように。

母はよく眠っているようだった。

いつもは臥せっていても眠りが浅く、阿片《あへん》チンキを飲まないと眠れないのだと言っていた。それが今は、ぴくりともしない。

母の胸は、わずかにも上下していなかった。

「母さま」

不安になった少年は、呼びかける。

母は起きない。身じろぎもしない。

少年の手から、ぽとりと百合の花が落ちた。

＊

「ラヴィントンさまはお元気か、ですって？」

メアリの部屋でバター・トフィーをつまんでいたヴァイオラは、けげんそうに眉をあげた。

「どうしてそんなことを訊《き》くんですの？　メアリ」

「どうしてって」

メアリは口ごもり、ティーカップの縁《ふち》の金彩を指先でいじった。

「そんな風にカップをいじくりまわすものじゃありませんわ」

ぴしゃりとしたヴァイオラの言葉に、メアリはビクッと手を離す。

「まったくあなたったら、なんど注意したっておなじなんだから」

ぶつぶつと文句を言って、ヴァイオラは紅茶を口に運ぶ。

「――ああ、あなたは謹慎中で外に出られないから、知りたくても確かめられないんですわね」

「べつに、謹慎中というわけじゃないのだけど」

下町でジョシュアに会ってから、一週間がたっていた。

あれからメアリは散歩にも出ていない。ジュリアがいやがるからだ。またどこかへ行ってしまうのではないかと、そしてそのまま帰ってこないのではないかと、ジュリアはおそれているようだった。

それだから、倒れんばかりの様子だったジョシュアが今どうしているのか気がかりだったが、尋ねることも、ましてや訪ねることもできずにいたのだ。

ヴァイオラは、そういえば、と首をかしげる。

「このところ、ラヴィントンさまをお見かけしませんわね。お噂も耳にいたしませんし。あのかたはどこにいらっしゃっても話題になるかたですのに。めずらしいことですわ」

「え!?」

「ここ一週間くらいのことですかしら」

では、あれからだ。やはり、具合が悪いのだろうか。寝ついていたりするのだろうか。それとも、もっと悪い病気だったりするのだろうか？　いや、しかしそれならそれで噂になるのではないか？　情報通のヴァイオラが知らないなら、まわりが騒ぐほどの病状でもないということか。でも——

「ラヴィントンさまのことがそんなに気になりますの？」

「えっ？」

ぐるぐると考えこんでいたメアリは、ぎくりとして顔をあげる。

「う、ううん、べつに、そんなんじゃ」

「あなたはすぐ顔に出るから、丸わかりですわ。──あのかたは、ひとりの殿方として夢中になるのはおよしになったほうがいいと思いますけれど」

「え？　だって、ヴァイオラ……」

「わたくしは美しい殿方をただ観賞するのが好きなんですの。それ以上は求めませんわ。実際、一生を捧《ささ》げるならもうすこし派手でないかたがよろしいわ。生涯浮気に悩まされるなんてごめんですもの」

「たしかに、派手なかたではあるけど……でも……」

「お噂でどうこう言ってるんじゃありませんのよ。見ていればわかりますわ、あのかた、冷たいところがおありですもの。ああいうかたは、観賞しているのがいちばん。デイヴィッドさまのほうが、ご次男ではいらっしゃるけれど、有望ですわね。人あたりも頭もいいかたですもの。なにをなさったって、きっと成功されますわ。ラヴィントンさまはね。政治には興味がない、領地管理も家令まかせ、事業をするでもない、学究心があるわけでなし、趣味といったら羊歯《しだ》集めでしょう？　人としてどうかと思いますわね」

さんざんである。さすがにメアリはむっとした。

「それは言いすぎなんじゃないかしら」

「わたくしは事実しか言ってませんわ」

「なにに興味があろうとなかろうと、そんなのジョ……ラヴィントンさまの自由だわ。それに、とてもやさしい笑顔だって、されるかた——なのよ……」

言いながら、メアリは顔が火照ってきてうつむく。ヴァイオラはそんなメアリを眺め、ゆっくり紅茶に口をつけた。

「忠告は遅かったようですわね。ま、あなたがどなたに熱をあげようと、わたくしにはかかわりのないことですけれど」

「そ、そんなんじゃないわ。わたしはただ、あのかたが元気なのかどうか、気になって……」

「やっぱり気にしてるんじゃありませんの」

「だから、元気ならそれでいいの。それが気にかかってただけなの」

それだけなの、とつぶやいて、メアリは膝の上で手を合わせた。

「……ラヴィントンさまはご病気ですの？」

「え？　ううん、わからないの。でもこの前お会いしたときには、とても具合が悪そうで」

ふうん、と言ってヴァイオラは立ちあがった。

「どなたかを通じて訊いてさしあげてもよろしいわ。お元気かどうか」

「ヴァイオラ！」

メアリは信じられない思いで目を輝かせた。ヴァイオラはつんと顎をあげる。

「あなたのためじゃありませんわよ。わたくしだって気になりますもの」

ありがとう、と言うと、ヴァイオラは不機嫌そうに顔をそむけた。

けれどヴァイオラに尋ねてもらうまでもなく、答えは別の人物からもたらされたのだった。

「メアリお嬢さま、お客さまでございます」

従僕が来客を告げにきたのは、ヴァイオラが帰ってすぐのことだ。

「どなた？」

「ダヴィーダ・グレイさまとおっしゃるご婦人でございます」

聞きおぼえのない名前だった。が、グレイという姓にピンとくる。――デイヴィッドだ。

「どんなかた？」

「金色の髪に青い瞳の、二十歳《はたち》すぎのお美しいご婦人でございます」

「そのかたなら、わたしの知り合いだわ。こちらにご案内してもらえるかしら」

従僕は了解して部屋を出ていった。メアリは、部屋にいたロジーナをふり返る。

「ローズ、ごめんなさい、席をはずしてもらえる？　お客さまとふたりきりで話がしたいの」

「おふたりで、ですか？」

ロジーナはきょとんとする。万が一、貴婦人がデイヴィッドだと露見してしまうようなことがあってはならない。メアリはそう思ったのだ。人払いをしなくては。

「ええ、お願い」

「わかりましたわ。内緒話をするお友達がおできになりましたのね。いいことですわ」

あまりお願いをすることのないメアリだから、ロジーナもしぶることなくひきさがる。

しばらくして、従僕に案内されて貴婦人――デイヴィッドがやってきた。

「おひさしぶりです、メアリお嬢さま。わたくしのこと、おぼえておいでになって？」

にっこりとほほえむ彼女に、メアリは苦笑気味に言葉を返す。「ええ。もちろんよ、ダヴィーダさん」

デイヴィッドは、うれしそうにいっそう笑みを深くした。

「いいお部屋ですこと」

従僕の給仕していった紅茶をひとくち飲んで、デイヴィッドはメアリの部屋をほめた。

メアリは複雑な気分で彼を眺める。

デイヴィッドだとわかっていてもなお、美しい貴婦人にしか見えない。

「そのドレスもかわいらしいですわ。とくにそのツバメのブローチ」

「あ、ありがとうございます」

メアリはデイヴィッドの瞳のような、空色のドレスを着ている。あまり飾り気のない、普段着のドレスだ。白い襟に小さなツバメのエナメルブローチをつけている。ウエスト部分に青いリボンをあしらい、スカートは綿のようにふんわりと広がっていた。

「あの、ふたりきりですから、もう女性のふりをしなくたって大丈夫です、デイヴィッドさま」

「ジョシュもそう言うんですよ。この格好なら女性のふりのほうが合うのになあ」

残念そうにしながらも、デイヴィッドの声は男性のものに戻った。

「それで、あの、今日はどんなご用事でいらしたんですか？」

デイヴィッドの来訪の意図が読めず、メアリは当惑気味に尋ねる。デイヴィッドはあいまいに「うん」と答えて指を顎にそえた。どう切りだしたものか、そう思案しているような顔だ。しばらくして、デイヴィッドは声をひそめて言った。

「折り入って、お願いしたいことがあるんですよ。——ジョシュのことなのですが」

ジョシュ、の言葉にメアリははっとする。

「やっぱり、どうかなさったんですか？　ご病気ですか？」

勢いこんで身を乗りだしたメアリに、デイヴィッドはすこし驚いていた。

「ジョシュの具合が悪いこと、ご存じでしたか」

「具合が悪い？　やっぱりそうなんですか」

「ジョシュは今、臥せっています」

「病気なんですか？」

「病気――そう、病気です」

デイヴィッドはむずかしい顔をした。

「ジョシュの具合は、今とても悪い状態です。正直なところ、死にかけている」

メアリは言葉を失う。――なんと言った？　死にかけている？

よほどメアリの顔色が変わったのだろう、デイヴィッドがなだめるように両手をかざした。

「落ち着いてください、レディ・メアリ。危ない状態の今だからこそ、あなたに聞いてもらいたい話があるのです」

「話――？」

「長い話をすることをお許しいただけますか、レディ・メアリ。とても大事なことなのです」

メアリは混乱しながらも、聞くしかないことはわかった。こっくりとうなずく。

デイヴィッドは一度目を閉じ、話すべきことを整理しているようだった。ふたたび目を開き、真剣な表情でメアリを見る。

「いいですか、信じられなくても、どうか最後まで聞いてください。ジョシュの話です。ラヴィントン伯爵家にまつわる、秘密の話――」

そうして彼は話しはじめた。

＊

「デイヴィー、僕の一族の秘密を教えてやろうか」

ジョシュアがそう言いだしたのは、デイヴィッドとジョシュアが十歳の夏のことだった。

八月も終わりのころで、デイヴィッドは、避暑にちょうどよいラヴィントンの屋敷に家族そろって遊びに訪れていた。両家は、ジョシュアの父とデイヴィッドの母がいとこ同士で、昔からなにかとつきあいのある間柄だった。

「秘密？」

ジョシュアがそんなことを言いだしたのは、デイヴィッドをようやく本当の親友だと認めてくれたあかしだったのだろう。そう感じたから、デイヴィッドはうれしかった。

ジョシュアはデイヴィッドを書斎につれていった。

ラヴィントン伯爵家の書斎は蔵書二万冊と言われ、窓と暖炉をのぞく壁という壁は天井まで届く書架で覆われていた。

棚にぎっしりとはめこまれた本にかこまれていると息がつまって、デイヴィッドはこがあまり好きではなかった。古い本のかびくさいにおいを吸いこむと、肺が腐っていくような気分になるのだ。

そわそわと落ち着かないデイヴィッドを尻目に、ジョシュアは書架のひとつに駆けより、しゃがみこむ。デイヴィッドを手招きし、ささやいた。

「これ、だれにも言っちゃダメだぞ。おまえのお父さまにも、お母さまにも。うちの家の秘密なんだ」

デイヴィッドはごくりとつばを飲みこんだ。〈秘密〉の響きにどきどきした。

ジョシュアが書架の一番下の棚の端に爪をかける。くい、とひっぱると、棚の一角が小さな扉のように手前に開いた。

背表紙だけを貼りつけて本が並んでいるように見せかけた、隠し扉だ。

中には、本が数冊と、小箱がおさめられていた。ジョシュアはそこから本を一冊抜きだす。

「前に箱に入ってる手紙をこっそり読んだとき、父さまにばれてひどい目にあったんだ」

扉を閉めて、入り口から見えないソファのうしろへと移動する。

「だから、絶対秘密だぞ。ばれるようなこと、しゃべっちゃダメだからな」

「ひどい目ってなに?」

なにげなく尋ねると、ジョシュアは顔をひきつらせ、「な、なんだっていいだろ。とにかくひどい目なんだよ」と口早に言った。

デイヴィッドはジョシュアの父、オリヴァーの顔を思い浮かべる。ジョシュアによく似た、とてもきれいな顔をしている人だけれど、意地悪そうに笑うところがすこし怖い。ジョシュアの母、サラはとてもやさしく笑う人だから、ふたりが夫婦だというのがデイヴィッドには不思議だった。

「これ、ご先祖さまが書いたものなんだ」

「ご先祖さま?」

「お父さまのお父さまの、もっとずっとお父さまの、とにかくすごく昔の人」

「ふうん」

本は、きらびやかな装飾がほどこされた豪華なものだった。金で作られた表紙には一面にエナメルでアラベスク模様が描かれ、周囲に色とりどりの貴石がちりばめられている。中央にはラヴィントン伯爵家の紋章のレリーフがあった。留め金をはずし表紙を開くと、中のページ一枚一枚にも彩色豊かな文様で装飾がほどこされている。

「……なんて書いてあるの？」

装飾文字をまじえた古くてむずかしい言葉でつづられた文は、子どものデイヴィッドにはまだ読めなかった。

「僕の家にまつわることが書いてあるんだ」

「ジョシュ、君読めるの？　すごいね」

「まあな」

ジョシュアは得意そうに胸を反らしたが、おそらく父母から聞いたことを言っただけで、彼も読めてはいなかっただろう。現に彼は文字を追うことなく、秘密とやらを語って聞かせたのだから。

「僕の一族は昔から、変わった体質や力を持っている人が多かったんだって」

「変わった体質や力って？」

「予知ができたり、若返ったり、愛がないと生きられなかったり。そういうのがいくつか重なってあらわれることもあるって」

「どうして？」

知らない、とジョシュアは首をふった。

「けど、そういう人にはさ、〈しるし〉があらわれるんだって。その体質や力が出てくるころになると」

「しるし？」

「アザだよ。体質や力によって、それぞれ形や色や出てくる場所が違うんだ。それをいちいち分類して、まとめたのがこの本。ご先祖さまたちがこつこつ書き溜《た》めていったんだよ。だから、アザの種類によって、自分の発症したのがなんなのか、わかるってわけさ」

便利だろ？と笑ってジョシュアはぱたんと本を閉じた。

「ジョシュにもアザがあるの？」

「ないよ。でも、そのうち出てくるかもな」

「なんかかっこいいね」

デイヴィッドは無邪気にそう言った。思えばふたりとものんきなものだった。当然かもしれない。ジョシュアの体にはまだなんの変調もなく、秘密は夢物語に近かった。

デイヴィッドは、そのうちその秘密も忘れてしまった。思いださざるをえなくなるのは、ずっと先の話だ。

ジョシュアが十二歳のとき、オリヴァーが亡くなった。――という知らせを聞いた。

その数カ月前から、オリヴァーは病気という理由で屋敷に閉じこもっていたから、死亡の知らせを疑問に思う人はいなかった。

内々で葬儀がすまされ、ひと月がたってから、デイヴィッドの一家はラヴィントンの屋敷に見舞いに訪れた。残された母子《おやこ》を父も母も心配していたのだ。

出迎えたジョシュアはさすがに元気がなかったが、悲しみだけではない複雑な顔をしていた。

サラはすっかり参ってしまって、病人のように臥せっていた。

デイヴィッドはジョシュアを元気づけようと、滞在中、いろんな遊びに誘った。

「なあ、デイヴィー。僕、秘密にしてることがあるんだ」

ジョシュアがそう言いだしたのは、ボードゲームをしているときだった。

「だれにも言わないって約束するなら、教えてやる」

デイヴィッドがうなずくと、ジョシュアは声をひそめて言った。

「父さま、死んでないんだ」

思いがけない告白に、デイヴィッドは心底驚いた。

「いなくなったんだ。書き置きだけ残して、とつぜん」

「いなくなったって、どうして」

「わからない。でも、それから母さまは、なんだかおかしくなっちゃった」

ジョシュアの両親は〈熱烈な恋愛結婚〉だったのだと、母から聞いたことがあった。

サラは下町生まれの女優だった。由緒あるラヴィントン伯爵家の当主が結婚すべき相手ではないと、あらゆる方面からの反対を押し切っての結婚だったという。それだけあってふたりの仲は睦まじかったが、社交界は冷淡だった。レディ・ラヴィントンの社交界デビューを後押しするはずの女王陛下への拝謁はかなわず、それもあって社交界は彼女に背を向けた。デイヴィッドの母はオリヴァーの血縁者だけあってというか、一風変わった人だったからサラとも仲良くやっていたようだが、身分も違えば立場も違う。本当の意味で苦しみをわかちあえる友にはなれなかったようだった。それをデイヴィッドの母は今でも悔やんでいる。

そんな社交界の逆風の中にあっても、オリヴァーはあの人柄だから堂々としていたらしく、サラにとっては唯一ともいえる拠《よ》りどころだったろう。その夫がとつぜん失踪したのでは、彼女の心痛は想像するにあまりある。

「おかしくなっちゃったって……」

ジョシュアは黙って首をふっただけだった。

そのとき、甲高い獣のような悲鳴が聞こえて、デイヴィッドはさいころをとり落とした。今でも、デイヴィッドはこのときの声が忘れられない。思わず耳をふさぎたくなる、悲痛でおそろしい声。

「――母さまだ」

ジョシュアは、両手で耳をふさぎ、ぎゅっと目を閉じていた。

ばたばたと、廊下を駆けていく人たちの足音がする。召使いだろうか。

叫び声は、細く、長く、つづいていた。

「ときどき、ああなるんだ。ああなるともうダメで、だれの言うことも聞かない。手あたり次第まわりに物を投げつけて、父さまのこと、罵《ののし》るんだ。裏切り者、恨んでやる、呪ってやるって——そうでないときは、ふだんの母さまなのだけど」

ジョシュアは膝を抱えこみ、小さく震えていた。そんな彼を見たのは初めてだった。

「母さまは、父さまは僕たちを捨てたんだって言ってる。そういうときの母さまの顔は、すごく怖い。どうしてなんだろう。母さまと父さまは、あんなに仲がよかったのに、どうしてこんなことになっちゃったんだろう」

このときのジョシュアのおびえた顔は、いまだにデイヴィッドの脳裏にこびりついている。

サラはそれから一カ月後に亡くなった。

サラが亡くなっているのを発見したのは、ジョシュアだ。

見舞いの百合を手に、閉じられた天蓋の幕を開けたジョシュアは、冷たく動かなくなった母を見つけた。精神安定と安眠のため、常用していた阿片チンキが、ただでさえ弱っていた彼女の体を痛めつけたのだという。

この一連のできごとがジョシュアにもたらした傷の根深さをデイヴィッドが知るのは、

彼のいささか目にあまる女性関係がはじまってからになる。

「いいかげんにしなよ、ジョシュ」

デイヴィッドはことあるごとにジョシュアをいさめた。

「恋人はひとりにすべきだ。ただひとり本当に愛せる人を見つけるべきだよ」

デイヴィッドの小言にうんざりしたジョシュアが、吐き捨てるように言ったことがある。

「俺はだれも愛さないし、ただひとりに愛されるのもごめんだ。両親みたいになりたくない」

デイヴィッドは言葉を返せなかった。十八のころの話だ。

そして、ジョシュアの体にアザがあらわれたのも、この年だった。

手首に花びらのような形をしてあらわれた青いアザは、ラヴィントンの書斎にあった書物によれば——愛がなくては生きられないしるし。

アザを発見してから、ふたりは書物を読み解いた。

つつがなく生きていくためには、愛してくれる人が身近にいて、手を握ったり、抱きしめたりといった接触を日々絶やさないこと。

そういう人がいなくなってしまうと、体調を崩し、倒れてしまう。手首からアザが広がりはじめる。次第に病状は重くなり、アザが全身に広がるころには、死んでしまう……。

本にはそんなことが書かれていた。

「べつにむずかしいことじゃない」

ジョシュアは笑った。「今だってそんなことはやってる」

「でも、いつまでも今みたいにはいられないよ」

デイヴィッドがそう言うと、彼はふんと鼻で笑った。

その本にあった通り、ジョシュアは実際に体調を崩したことがある。恋人の途切れたときだ。けれどそれも倒れるまでにいたることはなかった。それまでにたやすく新しい恋人を見つけていたからだ。——今までは。

どうして神様はこんなにも皮肉なんだろう、とデイヴィッドは思う。

愛を憎んでいる男に、愛なしで生きられない体を与えるなんて。

＊

「愛がないと、生きられない……？」

話を聞いたメアリは、にわかには信じがたく、ゆらゆらと部屋の中に視線をさまよわせた。

珊瑚色《さんごいろ》の壁。炉棚のオイルランプ、グラス・シェイドに入れられた人形。ノアの方舟《はこぶね》のおもちゃ。あちらこちらへ移動した視線は、最後にデイヴィッドの顔へと戻った。

デイヴィッドは神妙な面持ちでうなずく。

「ええ、その通りです。レディ・メアリ」

「本当に、そんなことが」

「信じられませんか？　あなただって、じゅうぶん信じられないことをしてのけるのに？」

メアリはぎくりとして身を固くする。

「僕はあなたの〈力〉を知っています。だからこうしてやってきたんです」

ジョシュアは、自分以外にもメアリの〈力〉を知っている者がもうひとりいる、と言っていた。デイヴィッドのことだったのか。

思い返してみると、ジョシュアがメアリの〈力〉をすんなりと信じたのは、自身の体や家系のことがあったからなのだ、と腑《ふ》に落ちる。オリヴァーが言っていた『ラヴィントンの血筋』や『アザ』とは、こういうことだったのだ。

「ジョシュは今、恋人がいないんです。全員と別れてしまった。いつもなら別れたってすぐ新しい恋人ができるのに、今回は作ろうとしなかった。だからこんなことに」

それは以前、メアリも聞いたことだ。だからメアリに頼むことはなくなった、と。

「どうしてそんなことを……？　ご自分の体のこと、おわかりになってたんでしょう」

「僕にもわからない。めんどうになったって、それだけで」

「わたしには、気分だっておっしゃってました」

「気分……ねえ……」

はあ、とデイヴィッドはため息をつく。それからはたと顔をあげた。

「あなたとジョシュは、仲が良かったんですか？」

「え？」

「いいえ、そんな話をする仲だったんでしょう。それに、あいつの具合が悪いことも知ってた」

「一週間前にお会いしたんです。そのとき、ちょうど倒れかけて」

デイヴィッドは驚いたように目をみはる。

「あいつが倒れかけたとき、その場に一緒にいたんですか？」

「え……はあ」

デイヴィッドはなにか考えこむように頬を手でなでる。

メアリは気にかかっていたことを問いかけた。

「あの、それで、わたしにお願いしたいことって……？」

ああ、とデイヴィッドは頬から手を離した。

「ジョシュの別れた恋人たちから、別れたっていう記憶を消してほしいと思っていたんです。それでもと通り恋人だと思いこんでもらおうと」

――もと通り、恋人に。

ちくん、とメアリの胸が痛んだ。メアリは胸をぎゅっと押さえる。

――どうして胸が痛むんだろう？

「レディ・メアリ」

呼びかけられ、はっとすると、デイヴィッドはじっとメアリを見つめていた。

「ジョシュは、チャーチル夫人の件以来、あなたを利用することをやめました」

いきなりなんの話だ、とメアリは戸惑う。が、デイヴィッドはかまわずつづける。

「めんどうになったから、と言ってたけど、気が咎《とが》めたんだと僕は思う。あの件以降なんです、あいつが恋人と別れはじめたのは。ジョシュはあなたに会ってから、すこしずつ変わっていったんだと思う」

「あの……？」

「一緒にいるとき、ジョシュは倒れかけたと言ったでしょう？　でも、あいつは他人にそういうところは死んでも見せないやつなんです。わざとならともかく。弱みを見せるのが心底きらいだから」

「ああ……それは、わかります」

弱みを見せるな、とジョシュアに言われたのを思いだす。

「母親の姿を見てきたからだろうね。だから、人前で倒れるなんて失態はおかさない。気力をふりしぼって耐えるでしょう。けれど、あなたの前ではそうじゃなかったんだ」

さわさわと、胸の中が落ち着かなくなってきた。デイヴィッドはなにを言うつもりなのだろう。

「それは──わたしなんかに弱みを見せたところで、痛くもかゆくもないからでしょう」

「違うと思う」

デイヴィッドはきっぱりと言った。

「あいつは──」

メアリはぎゅっとソファの縁《へり》をつかんだ。怖かったからだ。そこから先は、聞いてはならない気がした。デイヴィッドが口を閉じる。

「すみません。性急でした。ジョシュの気持ちをあれこれ僕が言うのも筋違いだ。じゃあ、あなたは？」

「わたし？」

「ジョシュに対するあなたの気持ちを、聞かせてもらえませんか？」

デイヴィッドはソファを離れ、メアリの前に膝をつくと、問いかけるようにじっと瞳を見あげてきた。

「あなたは、ジョシュの身をとても案じてくれている。それは友情ですか。それならジヨシュの恋人たちの別れた記憶を消してくれと言ったとき、さっきみたいな顔はしないでしょう。あなたは素直な人だ。顔を見ればすぐにわかる。あなたの気持ちは友情でも、ましてや脅された相手に向けるものでもないはずだ」

メアリは、ぎゅっと胸をつかまれたように、苦しくて、悲しくなった。なぜなら、それは認めてはいけないものだと思うから。

本当はわかっているけれど、わたしなんかが手にしていい気持ちじゃない。あたたかくて、まぶしいもの。――だれかを愛する気持ち。

「……」

メアリには、答えられない。

デイヴィッドは手をさしのべた。

「レディ・メアリ。僕に答える必要はありません。答えは、ジョシュのもとへ行けばおのずとわかります。あいつを助けてやってもらえませんか。もしあなたが抱いている思いが愛でないとわかったら、そのときは記憶を消すことに協力していただきたい。お願いします」

真摯な空色の瞳がメアリを見つめている。彼はただひたすらに、友を助けたいのだ。

それが痛いほど伝わってきた。

――ジョシュア。

メアリは、胸のうちで彼の名を呼ぶ。

甘くて苦い響き。せつなくなる。こんなにも。

——あなたを助けられたら、どんなにいいだろう。だけど……

それでも、迷いながらメアリはデイヴィッドの手をとった。


「メアリお嬢さま？　どちらへ？」

ふたりは部屋を出たところで、ロジーナに見つかってしまった。

「ええ、あの、ちょっと出かけてくるわ」

「まあ！　そんなお姿で!?」

普段着姿のメアリに、いけませんわ、と言って彼女はきびすを返す。レディーズメイドを呼んでこようというのだろう。

「ローズ、わたし急いで出かけたいの。だから……」

ロジーナはぴたりと足をとめる。心得たようにうなずいた。

「奥さまにはお知らせしないほうがよろしいんですのね。わかりましたわ。わたくしが支度をお手伝いしましょう。さ、部屋にいったんお戻りになって」

デイヴィッドにはつづき部屋で待ってもらうことにして、ほどなく衣装箪笥《だんす》からドレスを見つくろってきたロジーナは、てきぱきとメアリを着替えさせていく。

彼女は本来、メイドに着替えを手伝ってもらう立場だった人である。にもかかわらず、手際よく衣装を着つけていった。

「〈お散歩〉ですのね?」

含みをもたせた調子で、ロジーナはメアリに尋ねる。

メアリはうなずいた。「お母さまにはそう伝えてほしいの」

いつも身につけるドレスと異なり、ロジーナが選んできたのは大人びたドレスだった。襟の高い白いブラウスに、襟ぐりの大きくひらいたオールドローズの上衣。上衣の胸もとには細かな襞《ひだ》が重ねられ、小さなくるみボタンが上品に並んでいる。同色のスカートは飾り気なくシンプルで、きゅっと締まったウエストから優雅なシルエットを描いてふくらんでいた。

髪はいつも通りゆるやかに垂らしたまま、薔薇の飾りをつけた小さな帽子をかぶせる。ブラウスの喉もとには、女神の横顔を浮き彫りしたシェルカメオのブローチをつけた。

「よくお似合いですわ」

ロジーナが満足げにほほえみ、メアリのそばから一歩退いた。

「さあ、できましたわ。いつもよりずうっとおきれい。わたくしの見立てに間違いはございませんでしたわね……」

そう称《たた》える彼女の声はいつもとちがって妙につやっぽい気がして、メアリは思わず見返った。

「どうかなさいまして？」

そこにはいつも通りのロジーナがいた。自分の姿がふだんとはちがうから、彼女の声までそう聞こえたのだろうか。

「いいえ。――お母さまによろしくね」


ラヴィントン邸へ向かって、馬車は土埃《つちぼこり》をあげて駆けていく。

馬車はベルグレヴィアの地区に入ると、ひときわ大きな屋敷のポーチでとまった。

出迎えた従僕への応答もそこそこに、デイヴィッドはメアリをジョシュアの寝室へと案内する。

部屋に足を踏み入れたメアリはあぜんとして目をぱちくりさせた。

「これ、ぜんぶ羊歯……？」

部屋は羊歯でうめつくされていた。

暖炉の羊歯。これは火のない暖炉の飾りとしてふつうだ。メアリの家だって羊歯で暖炉を飾っている。しかし、暖炉の上にも羊歯、テーブルにも羊歯、はりだし窓にも羊歯。

部屋中が羊歯に侵食されている。

「ジャングルみたいでしょ」

「ええ」

「花は落ち着かないんだって。飾り気のない羊歯のほうがほっとするって言うんだ」

デイヴィッドはドレスの裾が跳ねあがるのもかまわず、大股で部屋を横切る。天蓋の幕が半分開いたベッドに近づき、中をのぞいた。メアリもうしろからのぞきこむ。

ジョシュアは青白い顔で眠っていた。やせた頬。ふせられたまぶたにはうすく静脈が透けている。唇は乾いて、血の気がない。今にも透明になって、消えていってしまいそうに思えた。

衰弱した姿が痛ましくて、メアリは顔をゆがめた。

「ふだんは殺しても死なないような、ふてぶてしい様子なのにね」

ぽつりと言って、デイヴィッドは手近にあった椅子をメアリにすすめた。メアリが椅子に腰かけると、デイヴィッドはジョシュアの寝間着の袖をめくりあげた。

腕には、薔薇の花びらのようなアザが、点々と散っていた。

「もう体のほうにまで、これが広がってるんだ。——ここを見て」

デイヴィッドはジョシュアの手首の内側を指さす。まわりのアザよりもひときわ濃いアザが、ひとつある。

「死に瀕《ひん》したときには、手首のアザに口づけを——そう本には書かれてる。試してみてくれませんか、レディ・メアリ」

口づけ、と言われてメアリはうろたえた。当然ながらメアリはそんなことをしたことがない。

「口づけといっても手首だし、そうだな……命を吹きこむんだと思って」

命を吹きこむ、とつぶやいて、メアリはそろそろと手を伸ばした。

ジョシュアを助けるということは、ジョシュアを愛するということ。愛することを、自分に許すということ。あたたかくてまぶしいその思いに、手を伸ばすということだ。——そんなことが、許されるのだろうか。わたしなんかに。

緊張にこわばる手でジョシュアの手をとる。手袋ごしにもその冷たさが伝わって、はっと胸をつかれた。

——この人を助けたい。

胸がちぎれそうになるほど、この瞬間、強く思った。

ほかになにもいらない。それしか考えられない。

痛くて、せつなくて、でも、とてもあたたかな光が胸に満ちてくる。

身をかがめ、薔薇のアザにそっと唇で触れた。冷たい。

メアリはジョシュアの手をぎゅっと握っていた。あたためるように指をこする。すると、冷たかった指がじんわりとあたたまってきたように感じて、メアリは目を開いた。

「アザが」

デイヴィッドが驚きの声をあげる。メアリは唇を離した。

腕に広がっていたアザが、ひとつ、またひとつとうすくなっていく。

みるみるうちに、消えていく。

青白かったジョシュアの顔に、うっすらと血の気が戻ってくる。

手首のものを残して、アザがすべて消えてしまうと、はあ、とデイヴィッドが安堵《あんど》の息をもらして膝をついた。

「ああ……よかった。もう大丈夫だ」

メアリも息を吐いた。

手があたたかい。流れこむ血が脈打っているのがわかる。

——あったかい。

きゅうっと、胸がしめつけられた。

ジョシュアは、生きている。

「執事たちに、ジョシュはもう大丈夫だって伝えてくる。しばらく手を握っててやってて。触れ合うぶんだけ、元気になるから」

デイヴィッドはいそいそと部屋を出ていった。

——わたしは、この人を愛してるんだ……

メアリは、口づける寸前、それをはっきりと認めたのだ。この手につかんだのだ。

ジョシュアはかすかな寝息を立てて眠っている。ときおりまぶたがぴくりと動いた。血色のよくなった寝顔はどこか子どものようで、あどけなさすら感じる。

胸の中が、ふくふくとあたたかいものでふくらんだ。

彼が、すこやかに眠っている。それだけで、どうしてこんなにもしあわせな気持ちになるのだろう？

「……ジョシュア」

そっと、名前を呼んでみる。胸にあたたかな明かりがぽっと灯《とも》るようだった。

ずっと見ていたくなる。穏やかな寝息も、ときどき震えるまつげも、こうしてそばで見ているだけであたたかい気持ちになる。あたたかい気持ちがふくらみすぎて、むずむずしてくる。それすら心地よくて、しあわせだと思える――

――嘘つきのくせに。

冷たい声が、頭の奥から響いた。

氷のくさびを打ちこまれたように、心が冷たく凍りつく。

それはあっというまに、メアリをあたたかい場所からひきずりおろした。

どくどくと、冷たい鼓動が脈打ちはじめる。

――そうだった。

わたしは嘘つき。

本当なら、ここにいられる人間ではないくせに。うす汚れた花売り娘のくせに。そう、もうひとりの自分が冷たい声を投げかける。

でも、ここにいたい、と別の声は必死に叫んでいる。

いつまでもここにいたい。彼に触れていたい。ずっとそばにいたい。

愛していたい——

ふたつの思いで、胸がはり裂けそうになる。

あたたかくふくらんだ胸を、冷たい刃《やいば》でなんども突き刺されているようだった。

痛くて、痛くて、喉が石でふさがれたみたいに苦しくて、息ができない。

息をしようとあえぐと、とたんに鼻の奥がツンとして、目がじんと熱くなった。

押しとどめる間もなく、涙がぽとっとシーツに落ちる。

あわてて、ぐいっとドレスの袖でまぶたをぬぐった。

それでも雫《しずく》はぽろぽろととめどなく落ちてきて、メアリの頬を濡らしていく。

喉の奥から嗚咽《おえつ》がせりあがってきて、こらえようとすると変な声が出た。

苦しい。

痛い。

どうしたらいいんだろう。

——今だけ。

今だけ、そばにいても許されるだろうか。

彼を助けるこのときだけ。

ごめんなさい、としゃくりあげるあいだからつぶやいた。

「ごめんなさい……ごめんなさい……わたしは嘘つきだから……」

だれにあやまっているのかわからないまま、メアリはシーツに顔をうずめて、泣き声を押し殺した。

＊

だれかが泣いている。

どこか遠いところで、あるいは閉じた帳《とばり》の中で、だれかが声を押し殺して泣いている。

それはか細く、身をひき裂くようなせつない嘆きだった。

この声は知っている、とジョシュアはぼんやりとした意識の中で思う。

まぶたが重くて開かない。

泣き声の主をたしかめたいのに。

手があたたかい。握ってくれているのだ。

握り返したいのに、指はわずかにも動かない。

全身がだるく、重たかった。自らの呼吸の音と、拍動の音がうるさく響いている。

――メアリ。

この声は、メアリだ。遠い意識の中、ただそれだけ、はっきりとわかった。

――どうして泣いてるんだ。

ジョシュアはもどかしくなる。手が動いたなら、頬をなでて涙をすくってやれるのに。

声が出たなら、慰めの言葉をかけてやれるのに。

メアリの押し殺した泣き声は、彼女がこらえたぶんだけ、きりきりとジョシュアの胸をしめつける。

泣きやんでほしい。

彼女の泣き声に、どうしてこれほど胸が痛くなるのだろう。

――ああ、そうか。

ジョシュアは、ようやく理由を悟る。いや、わざと見ないふりをしていた気持ちに、いま、ようやく目を向けたのだ。

どうしてメアリなのだろう。

弱みを隠せないでいるやつはきらいなんだ。それでは母の二の舞だ。

心を守る冷たい鎧《よろい》のひとつも持たず、なんでもすぐ顔に出て、傷ついているのも喜んでいるのもすぐわかってしまう。彼女が笑うと、こちらも妙にうれしい気分に錯覚させられる。そんなだから、相手をするのは、めんどうくさい。
けれど、それが心地よかった。
いつまでもそばに置いて、めんどうだと思っていたかった。
すべてが、いとおしかった。
「ごめんなさい……ごめんなさい……わたしは嘘つきだから……」
泣き声のあいだから、メアリがそうささやいている。
——なにをあやまる？　だれにあやまってるんだ？
泣き声がうすれていく。
ジョシュアの意識は、また遠のいていった。

＊

「丘には二羽の黒つぐみ
一羽はジャック
一羽はジル
飛んでけ、ジャック
飛んでけ、ジル

お戻り、ジャック
お戻り、ジル！」

子どもたちの軽やかな歌声が追いかけてくる。

セント・ジェイムズ・パークの中ほどで、メアリは足をとめた。その横を歌声高らかに子どもたちが走り抜けていく。労働者階級の子どもらしく、みな、つぎのあたった古着を着ていた。

そのうちのひとりの少年が、小鳥を両手に抱えている。つややかな黒い羽をしているが、おそらく炭で着色されたものだろう。小鳥屋はしょっちゅうそんないかさまをする。

「小鳥をいじめちゃいけませんよ」

隣にいたロジーナが子どもたちに声をかけた。

「いじめないよ、飛ばすんだよ。ずっと籠の中じゃかわいそうだもの」

小鳥を抱えた子どもが、声変わりをしていない甲高い声で答えて走っていった。

「足に紐《ひも》をつけて、逃げないようにしているんですわ。つついて鳴かそうとするんですのよ、かわいそうに。子どもはひどいことをしますわ」

公園の奥に走り去っていく一団に、ロジーナはため息をついている。

陽気のせいか、公園はふだんより人が多い。うららかな、というよりはもはや暑い陽ざしに汗ばむくらいだ。左手に見える湖の水面《みなも》が、惜しげもなくふりそそぐ陽にきらめいている。

手にした白いパラソルをずらし、メアリは空を見あげた。雲はうすく、まぶしい青空が目を刺す。今日選んでもらったミントグリーンのドレスは、襟がつまっていてすこし暑苦しかった。

「ひと足早く、夏がやってきたような陽気ですわね。急に暑くなって困りものですわ」

「もう四月も終わりだもの」

言ってから、メアリはパラソルの柄をぎゅっと握った。

最後にジョシュアの見舞いに行ってから数日たつ。もう四月も末、明日から五月だ。

ジョシュアが意識をとり戻し、起きあがれるころまで、メアリは見舞いに訪れていた。

窮地は脱したから、これからはたびたび会ってくれれば健康は保たれるだろう、とデイヴィッドに言われてから、ラヴィントン邸には行っていない。

「ラヴィントンさまのことを考えておいでですの？　お嬢さま」

ふいにそう問われて、メアリはうろたえた。

「ローズ、なにを言うの。どうしてそんな」

ロジーナは得意げに顎をあげる。

「ごまかそうとなされたって、わたくしにはわかりますわ。一日と置かずお見舞いにいらっしゃって、ずいぶん熱心だったじゃありませんか」

「あれは……そういうのじゃないの。それに、デイヴィッドさまと一緒だったんだもの」

「令嬢がひとりで男性宅を訪問だなんてことになると外聞が悪いとお考えだったのでしょう？　たかだかお風邪を召されたくらいで毎日お嬢さまに見舞ってもらえたんですから、ラヴィントンさまも男冥利につきますわね」

パラソルの柄についた房飾りをいじりながら、メアリは聞き流す。ジョシュアは風邪で寝こんでいたということになっていた。

「でも、もうすっかりよくなられたようですわね。あんなにお元気そうで」

「ローズ、あなた彼に会ったの？」

驚いてロジーナを見ると、彼女は「あら、だって」と前方に手をさしだした。

「お元気そうに見えませんこと？　あのお姿」

「え？」

手に誘われるように視線を前へとすべらせる。するとそこには、トップハットにフロックコート姿の青年——ジョシュアがいた。

ジョシュア。思わずそう叫んでしまいそうになり、声を呑《の》みこむ。視線を感じてか、ジョシュアはメアリに気づいた。彼は驚いたようにいくどか目をしばたたかせたが、すぐにまたゆったりとした足どりで歩きだした。

もうこんなところまで歩いてきているのだろうか。死の淵《ふち》をさまよっていたのだ、もうすこし静養しているものだと思っていた。

心の準備をしていなかったメアリは、どうしていいかわからず立ちすくむ。くるりと背を向けて逃げだしたくなった。

どんな顔をして会えばいいのか、わからないのだ。メアリが見舞いに訪れているあいだ、彼は眠っているか、起きていてもまだぼんやりしていたので、あまり会話もしていない。

それだから今、会ってなにをしゃべっていいのかわからなかった。

彼は、知っているのだろうか？　メアリが、彼を治したのだということを。

つまり、彼を愛しているということを。

メアリはうつむき、地面に落ちるパラソルの影を見つめた。

「レディ・メアリ」

パラソルの影にジョシュアの影が重なる。磨かれた黒い靴の足もとが目に入った。

「先日は、見舞いに来てくださってどうもありがとう」

そばにいるロジーナを気にしてか、ジョシュアは丁寧な口調であいさつをする。

「いえ……」

メアリはうつむいたまま、かろうじてそれだけ返事をした。喉も舌も乾いてうまく声が出ない。パラソルの柄を握る手に汗がにじんできた。

「……」

ジョシュアもそれきりつづける言葉が出てこないようだった。かといって立ち去るでもなく、影はちらとも動かない。

ロジーナがわざとらしく扇でぱたぱたと顔をあおぎ、沈黙をやぶった。

「ああ、お暑うございますわね。わたくし、あちらでレモネードをいただいてまいりますわ。メアリお嬢さま、ごめんくださいませ」

「えっ……、ローズ！」

声をかけたときにはもう遅く、ロジーナは草色のドレスを揺らし、公園の隅にいるレモネード売りのほうへと足早に去っていくところだった。今日のような天気にレモネードはよく売れるらしく、まわりには人だかりができている。

ふたりのあいだに濃い沈黙が落ちる。ジョシュアの影には立ち去る気配がなかった。

メアリは意を決して口を開く。

「体調のほうは、もういいんですか？」

「ああ。すっかりもとに戻った」

先ほどとは違いくだけた口調になって、ジョシュアは答える。

「寝こんでいるあいだのことは、よくおぼえてないんだ。ほとんど眠ってたしな。君は毎日見舞いに来てくれてたって？」

「いえ、そんなことは」

「君が、助けてくれたんだろう」

はっと顔をあげた。メアリのまなざしがジョシュアの鳶色《とびいろ》の瞳とぶつかる。

違います——そんな風に答えかけて、でもできずに、メアリは口を閉じた。

ジョシュアはいくぶん面やつれしていた。帽子の陰になった目もとには、病中の疲れがまだ残っている。唇は瑞々《みずみず》しさをとり戻していたけれど、いつもの皮肉げな笑みはなりをひそめていた。

「デイヴィーから聞いてる。君も、あいつから聞いたんだろう。俺のこと」

メアリが答えないのにもかかわらず、ジョシュアはひとりでしゃべる。

メアリはうなずいた。またしばらく沈黙の帳がおりる。ジョシュアは顔をそらし、湖のほうを眺めた。

「あっちの木陰に行かないか。ここは暑いし、人が多い」

言うなりジョシュアは返事も聞かず大股で歩いていってしまった。しかたなくメアリはあとを追う。湖のほとりにある木立のそばは、たしかに陽がさえぎられて涼しそうだった。

遊歩道の脇、緑の濃い芝生を踏み分け、メアリは湖畔の木陰で立ちどまる。

ジョシュアは幹にもたれ、輝く湖面にまぶしげに目を細めていた。

「ラヴィントンの本邸にもこんな湖がある。いや、これよりもっと大きいか。子どものころはボートに乗ってよく遊んだ」

「そう……ですか」

話の向かう先がよくわからず、メアリはあいまいにあいづちを打つ。

「父に遊んでもらった記憶はないが——遊ばれた記憶ならたっぷりあるが、母は世話焼きというか、かまいたがりな人でね。ボートに乗ったりピクニックに行ったり、なにかと家族で一緒にいたがってた。……ボートに乗ると俺を突き落とそうとして遊ぶのがあの性悪親父だったな」

笑いごとではないのだろうが、メアリは思わずクスッと笑ってしまった。ほほえましい家族の光景が目に浮かんだからだ。

「こうしてみると、それなりに平和な家庭だったという感じがするな。——あの日までは」

言葉を切って、ジョシュアは足もとにあった石を拾いあげると、湖に向かって放り投げた。ぽちゃん、とどこか間の抜けた音がして、水紋が広がる。

「社交界や親戚の仕打ちも、父がいたから母は持ちこたえていたんだろう。その細い糸があの日で、ぷっつり切れてしまったんだな。最後の一カ月は、錯乱状態でひどいありさまだった。母がまきちらしていた怨嗟《えんさ》の叫び声は、今でも耳から消えていかない」

ジョシュアは耳を押さえ、しばらくじっと瞳を閉じていた。深く息を吐いて、目を開ける。

「父と母が恋に落ちたところから、すべてははじまっているんだ。俺は恋だの愛だのってものが大きらいになったよ。憎んでいたといってもいい。──だが本当のところは、怖かったんだろう。おそれていたんだ。それを認めたくなくて、ことさら遊びにふけるようになった」

ジョシュアの声は、淡々としている。ひどく静かだった。

「そうしたら、あのアザがあらわれた。神さまってやつは俺の父並みに性悪だと思ったね。だけどもう、そのときには戻ることも進むこともできないところまで陥ってた。いまさらだれかを愛そうったって、やりかたもわからなかったんだから」

自嘲するように軽く笑う。

「だけど──」

ゆっくりと、ジョシュアはメアリに視線を向けた。せつないくらい、真摯なまなざしだった。メアリの胸がきゅう、と縮む。

ジョシュアは触れ合えそうなほどに身をよせ、メアリの上に影を落とす。

「君があらわれた」

手が伸びて、メアリの髪をひと房、すくいあげる。彼はその髪に口づけた。

メアリはとっさにあとずさる。その手をジョシュアはつかみ、ひきよせた。パラソルが足もとを転がっていく。

「放して、放してください」

「いやだ。好きな女を抱きよせてなにが悪いんだ？」

もがいていた腕をメアリはぴたりととめる。息までとまるかと思った。ジョシュアはまっすぐな瞳でメアリを見つめていた。

「……君の瞳は澄んでいてきれいだ。深い森みたいで」

メアリは目をまたたく。

「君の瞳を思いだすと、俺はほかの女に会うのがいやになった」

ジョシュアは、困ったような、苦しいような顔をしていた。メアリは、そういう気持ちを知っている。胸がつまって、苦しい、その思いを。

「ラヴィントンさま」

「ジョシュアだ。そう呼んでくれと、前にも言ったぞ。でなきゃ放さない」

「──ジョシュア」

放して、とせっぱつまって訴える。だが、ジョシュアは逆にメアリを強く抱きしめた。

「やっぱり君に名前を呼ばれるのがいちばん心地いい。君の瞳も、声も、ぜんぶ俺のものにしたい。俺は君が好きだ。どうしていいかわからないくらいに」

「ジョシュア」

そんなこと言わないで。いいえ、もっと聞きたい。泣きたいくらいうれしい。けれどつらい。ふたつの思いで胸がちぎれそうだった。メアリはただ必死に首をふっていた。

「だめなんです、ジョシュア。わたしじゃ、だめなんです」

ジョシュアはけげんそうに眉をよせる。

「なにを言ってるんだ？」

「あなたが倒れたら、なんどだって助けにいきます。無事でいられるように、なんだってする。でも、わたしはあなたのそばにずっといることは、できません」

そう言葉をしぼりだすのは、喉がひき裂けそうにつらかった。

ジョシュアは目を見開く。そんな答えは、予想していなかったようだった。

「なぜだ？」

ジョシュアはメアリから手を離した。

「君は俺を、愛してくれているんじゃないのか？」

ぐっと、メアリは声をつまらせる。

――愛している。それだけは間違いのないことだ。

だけど、言えない。

手に入れようなんて思っちゃいけない。

ここにいるわたしは、まやかしなんだから。

嘘をついて令嬢におさまって、それで愛も手に入れようだなんて！

「あなたには、しあわせになってほしい。そう思っているのは本当です。でも、わたしじゃない、もっと、ちゃんと、あなたにふさわしいかたが、きっといます。あなたを愛してくれる人が。そのかたと、しあわせになってほしい……」

胸がはちきれそうだった。

しあわせになってほしい。

心底、そう願っている。

──たとえ、相手がわたしじゃなくても。

ジョシュアの手が伸びる。手袋をした指先がメアリの頬をすべった。

「どうして泣くんだ？」

そう言われて初めて、メアリは自分が泣いているのを知った。

「あのときも泣いていたな。見舞いに来てくれたとき」

「それは……！　起きていたんですか？」

「体は動かなかったが、意識だけはぼんやり戻ってた」

「そんな……」

「君は、あやまっていた。嘘つきだと」

頭から血の気がひいていくのがわかる。聞かれていた！

「わけは、言いたくないのなら訊かない」

ジョシュアは頬をなでていた手をいったんおろし、手袋を脱ぐ。

「あのとき俺は、この手が動けばいいのにと、そうずっと思っていた」

むきだしになった、しなやかな指が頬に触れる。するりとすべって、涙のあとをぬぐった。

心臓が跳ねあがる。痛みが喉をつきぬけて、メアリの息をとめた。

「手が動いたなら、こうして涙をぬぐえるのに、と」

ジョシュアは両手でメアリの頬を包みこんだ。なだめるように頬をなでながら、まぶたに口づける。まつげに残る涙を唇ですくいとり、濡れた頬をなぞった。そうしてそっと唇に触れる。このうえなくやさしく、やわらかな口づけ。

メアリの胸が、しめつけられるように痛んだ。

――こんなにも、好きなのに。

わかっている。

だから、だめなのだ。

「！　メアリ！」

ジョシュアを押しのけ、メアリは身をひるがえした。つかもうと伸ばされた手をすり抜け、逃げだす。

いっそのこと、ぜんぶ、ぶちまけてしまいたかった。

わたしは嘘をついているのだと。

でも、できない。

言えば、きっと軽蔑される。

それは、黙っているよりももっと、ずっと、つらいことだった。

メアリは、転びそうになりながら、それでも走りつづけた。どこをどう走っているかもわからずに。

公園を抜け、並木道に入ったところで、メアリはくずれ落ちた。ジョシュアが追ってくる気配はない。楡《にれ》の木の根もとにうずくまり、胸を押さえた。

胸が痛いのは、走ったせいじゃない。

「――メアリお嬢さま、どうなさいましたの？」

ふいに、背後から声をかけられてぎくりとした。が、ロジーナの声と悟り、ほっとする。

「どこかお加減でも？」

背中にロジーナの手が置かれた。あたたかい。その手になでられ、高ぶっていた気持ちがすこしずつゆるやかになっていく。

「ううん、なんでもないの。すこし、驚いて……そう、虫が。虫がいたものだから」

「虫？」

ロジーナの手が離れる。

「虫がいましたか。蜘蛛《くも》ですか、それとも蝶？」

ふわりと、メアリの顔の横を風が通っていった。視界の隅に小さな黒い影が映る。上下に頼りなく揺れながら羽ばたく黒い蝶。

――この蝶は。

「黒揚羽ですわ。蝶はおきらいでしたかしら。ご安心なさって、蜂とちがって刺したりしませんもの。それに、この子たちはとてもいい子ですから」

「……ローズ？」

声の雰囲気がいつもと違う。メアリはけげんに思ってうしろを向いた。そこにいるのは間違いなくロジーナだ。草色のドレスに、赤毛の髪には造花で飾った緑のボンネット。先ほどと変わらない。けれど、そのボンネットの花に、白い手袋の指先に、三、四匹もの黒い蝶がとまっている。さらに彼女のまわりには、もっとたくさんの蝶がひらひらと飛びかっていた。

ロジーナは口もとに笑みを浮かべている。見たことのない、あでやかな笑み。鈍色《にびいろ》の瞳は妖艶にきらめき、いつもメアリに向けていた品のよいまなざしは消えている。

「あなたはだれ？」

そう、メアリは思わず尋ねていた。

「ロジーナ・グリーンですわ、お嬢さま」

おかしそうに彼女は笑った。「あなたのローズです、メアリお嬢さま」

手を上に持ちあげ、指先を揺らす。蝶が一匹、指を離れて、メアリのほうへ飛んでくる。

「ローズ。いい名ですわ。お嬢さまがつけてくださったこの名前。だって、ねえ？

『緑のジャックが青葉を揺らし、薔薇をたずさえ君のもとに』……ですもの」

五月女王の歌を口ずさみ、愉快げに笑う。

「あなたは……」

うずくまったまま、メアリは無意識のうちに身をひいていた。彼女は今までのローズではない。

「その黒い蝶……前にも見たわ。この公園で」

オリヴァーを包みこんだ黒い蝶。あれとおなじ。

「そう。あれはあたしがやったんですよ。わかりますか？　メアリお嬢さま。あたしはあなたと同類なんですよ」

ロジーナの口調がくだけたものに変わる。

「生まれつき、妙な力がついている同類。子どものころは、そりゃァ苦労しましたよ。白い目で見られてね」

　ほうら、と手を伸ばし、蝶を指にとまらせる。行っておいで、と彼女がささやくと、まるでその言葉を理解したかのように蝶は飛び立つ。

「あたしは、動物の言葉がわかります。言葉っていうと変ですね。でも、わかるんですよ。小さな虫や、鳥や、いろんな生き物の意思が。で、向こうもあたしの気持ちがわかる。だから、ね、こんなこともできる」

　彼女は手をひるがえした。すると蝶たちはいっせいに飛び立ち、宙でひとかたまりになると、ぐるぐると円を描くように舞った。

「ほらね」

　ロジーナは得意そうに笑う。メアリは蝶の舞に呆然《ぼうぜん》としながらも、彼女に問いかける。

「あなたも、〈黒つぐみ〉の人なの」

　そうですよ、となんでもないことのように答えが返ってくる。

「最初から？　わたしの家庭教師《ガヴァネス》になったときから？」

「お嬢さまの家庭教師になる前から、ですよ。あたしはあるじの命令で、お嬢さまのところに潜りこんだんですから。あたしが貴婦人の真似なんてね。ぼろが出ないかひやひやしましたけど、案外だませるもんですねえ。あたしの演技も捨てたもんじゃないってことだ」

「あるじって、オリヴァー・アシュレイのこと？」

「あたしのあるじに名前なんてありません。その名前は捨てたし、実業家としての名前だっていっときだけのもんです。あのかたには、名前なんて必要ないんですよ」

そう言って、あわれむようにメアリを見おろす。偽りの名前にとらわれているメアリを。

「あたしも昔の名前は捨てました。あたしはね、女優だったんですよ。田舎巡業の端役ですけどねえ。ロジーナ・グリーンって名前だって、もちろん嘘ですよ。あるじからはジルって呼ばれてます。ジャックとジルのジルですよ」

彼女はすこし首をかたむけ、困ったような顔をする。

「ローズって名前は、気に入ってましたよ、ホントです。あたしにはもったいない、上品な名前でしたからね。でもあたし、もう行かなくっちゃいけません。戻ってこいと、あるじからの言づけがありましたんでね」

お戻り、ジル——子どもたちの歌声が耳の奥で聞こえる。

メアリはからっぽになった胸の中を、風が吹きぬけていくような心地になった。

「最初から、だましてたの……」

わたしが口にすると、なんて滑稽なんだろう、とメアリは思う。最初からまわりすべて、なにもかもだましているのは自分のほうなのに。

だが、ロジーナ――いや、ジルはそれをあげつらうことなく、また困ったような笑みを浮かべる。

「悪いと思ってますよ、お嬢さま。でも、仲間になるためなんですから。あたしは最初っからお嬢さまを仲間だと思ってるし、明日からは真実仲間だ。あたしはもう行かなきゃなりませんけど、明日、また迎えにきます。五月祭《メイ・デイ》に」

「わたしは行かないわ。あなたたちの仲間にはならない」

「ホントにそう思ってるんですか？」

「なにを――」

「ホントは、嘘の生活なんてもうイヤになってるんでしょう。ぜんぶぶちまけてしまえたら、どんなに楽かしらって」

「思ってないわ！　思ってない……！」

メアリの声が震えて裏返った。

「お嬢さまは、もっと自分に正直にならなきゃあ。苦しいんでしょ？」

メアリは胸を押さえた。ジルにとっては、それだけでじゅうぶんな答えだったようだ。

「伊達《だて》にずっとそばにいたわけじゃァありませんよ。大丈夫。ラヴィントンさまもちゃんとお仲間にしますから。ね、それならさびしくないでしょう？」

「やめて！　あのかたを巻きこまないで！」

メアリはとっさに叫ぶ。だが、ジルはしなを作るように体をよじって、

「巻きこむなって言ったって、あのかたはあるじの息子ですからねえ。それに貴族院の議席は貴重だし、あの財産だって魅力的。ま、あるじは息子だのなんだのってどうでもいいみたいですけど。でも、仲間になるほうが、殺されるよかいいでしょうよ」

「！」

殺される、という言葉にメアリは愕然《がくぜん》とした。ジルはあわれっぽい声でつづける。

「邪魔をすれば、息子だからって容赦するお人じゃありませんよ。だから、仲間になったほうがマシってもんです」

黒蝶がひらりとジルの前を横切る。それを見やり、「すこししゃべりすぎたみたい」とひとりごちた。

「それじゃァ、お嬢さま。また明日。ごきげんよう」

ジルがそう言うのと同時に、蝶がざわりと前に集まりだす。黒い帳のようにメアリとジルとを隔てた。

「待って、ローズ！」

よろめきながら立ちあがり、帳を開けるように蝶の群れをかきわけたときには、彼女の姿はもうどこにもなかった。

「ローズ」

そんな名前の女はいない。もうどこにも。

黒い蝶たちはまばらに飛び去っていく。メアリはその中で呆然と立ちつくしていた。

『また明日』

明日は五月一日。

五月祭《メイ・デイ》がやってくる。

✿第六章✿

嘘つきな五月女王《メイ・クイーン》

明日は早く起こして、早くね
絶対よ、ママ
今年一番の幸せな日になるんだから
とてもとてもすばらしい日なの、ママ
五月女王《メイ・クイーン》になるの
わたし五月女王になるのよ、ママ

たどたどしいピアノの旋律に乗り、少女の歌声が聞こえてくる。

ピアノはへたくそだが声はいい、とジョシュアは通りを歩きながら耳をかたむけた。

この界隈《かいわい》に住む令嬢が弾いているのだろう。こんな曲、あっただろうか。テニスンの『五月女王』の詩を歌にしたものらしい。

「ちょっと、聞いてる？　ジョシュ」

隣を歩くデイヴィッドが、歌に気をとられているジョシュアをねめつけた。

ふたりがそぞろ歩くピカデリーの大通りは、五月祭《メイ・デイ》のせいもあって混雑している。道化の格好をした大道芸人が、高級洋服店の前で門《かど》づけをしていた。

「聞いてるよ。それで、その警官は渡した金額分、ちゃんと働いてくれたんだろうな」

「お金より、モーズリー侯爵の名前が効いたみたいだけど」

デイヴィッドは不本意そうにこぼす。「ばれたら大目玉だよ、父さんの名前を出してロンドン警察に圧力かけたなんて」

「おまえの父上は石頭だからなあ」

「他人事だと思って」

「感謝してるよ。悪かったな」

めずらしく殊勝に礼を言うジョシュアにデイヴィッドは目を丸くしたあと、苦笑する。

「メアリ嬢のこととなると素直だね、ジョシュ」

鼻を鳴らしただけで答えず、ジョシュアはステッキでこつこつと石畳をたたいた。

デイヴィッドには、ドルアリーレーンの下宿屋に住んでいた〈メアリ・スクワイヤ〉について調べてもらっていた。

『わたしは嘘つきだから』

そう涙を流すからには、理由があるのだ。かたくなにジョシュアを受け入れられない理由も、きっとそこに。

そう思ったから、警察関係に顔が利くモーズリー侯爵の名前を利用して、内密に警官に調べさせたのだ。

「それで？」

ジョシュアは先をうながす。

「メアリ・スクワイヤの住んでいた下宿屋の部屋には、もうひとり、女の子が同居していた。もとは、その子と、メアリ・スクワイヤ、そしてアイリーン・スクワイヤの三人で暮らしていたらしい。女の子に両親はいなかった。その女の子の名前が——」

デイヴィッドはそこで言葉を切り、ジョシュアをうかがう。ジョシュアは言葉をひきついだ。

「メアリ、か」

「そう。よくある名前だけど、そこではふたりのメアリが一緒に暮らしていたんだ」

「そしてひとりが猩紅熱《しょうこうねつ》で死に、ひとりがハートレイ伯爵にひきとられた」

どちらがただの伯爵家のメアリだったのか。

『わたしは嘘つきだから』

そういうことだったのだ。

「あんまり、驚かないんだね」

デイヴィッドが横目にちらりとジョシュアを見て、つぶやく。

「察しはついていた。でなけりゃ頼まない」

「で、どうするのさ」

ジョシュアは指で唇をなぞる。

――メアリは悪だくみができる少女ではない。あきれるほど素直で率直な少女なのだ。それが嘘をつくからには、よほどの事情があるのだろう。

伯爵夫妻はこのことに気づいているのだろうか？　知らないとは思えなかった。あれだけわかりやすい少女なのだ。毎日一緒に暮らしていれば、いやでも悟りそうなものだ。それでもメアリを娘として育てているのは、体面を気にして？　違うだろう。伯爵夫妻はそういう人間ではない。

彼女は、愛されているのだ。

それなのにひとりで嘘を抱えて苦しんでいるメアリを、ジョシュアは助けたかった。

――助けたい？　だれかのことをそんな風に思うのは、初めてだった。

助けられたからじゃない。メアリは、ジョシュアにしあわせになってほしいと言った。それとおなじように、ジョシュアも彼女がしあわせであってほしいと思っているのだ。苦しむところなんて見たくない。ただそれだけなのだ。

――どうするかなんて、決まっている。

「……会ってくる」

だれに、とは言わなかったが、デイヴィッドは青い瞳を細めてほほえんだ。

「まるで初恋を告白しにいく少年のようだね」

「うるさい」

ジョシュアは顔をそらし、足を速めた。通りの先の円形広場《サーカス》、リージェント・サーカスで、道化たちが踊っている。近づくにつれ、笛と太鼓の音が騒がしくなってきた。

「〈緑のジャック〉だ」

デイヴィッドが子どものようにうきうきした調子で言う。祭の見世物は大人の心も浮き立たせるものらしい。

リージェント・サーカスでは、煙突掃除夫の扮《ふん》する〈緑のジャック〉や、大道芸人の道化、〈五月卿《ごがつきょう》〉たちが陽気に飛び跳ねている。

〈緑のジャック〉の扮装は、青葉で覆った円柱型の柳細工の中に人が入っているものだ。通りを練り歩くその青々とした姿は、それだけで夏の到来を感じさせた。

頭に大きな羽飾りをつけ白いドレスを着た〈五月卿夫人〉が笑みを浮かべ観衆に媚《こび》を売る。舞台女優のように化粧が濃い。

軽快にダンスを踊る〈五月卿〉が細いステッキを手にジョシュアに近づいてきた。彼は三角帽に巻き毛のかつら、燕尾服《えんびふく》にウエストコート、ブリーチズという大仰な貴族衣装に身を包んでいる。ステップを踏むたび、かつらの後ろ髪が尻尾のように揺れていた。

チップの要求だろうかと懐に入れかけた手を、〈五月卿〉はするりととってひきよせる。

「ダンスの相手を間違えてるぞ」

ジョシュアは笑いかけたが、〈五月卿〉のはりついたような笑みに顔をこわばらせた。

「おまえは――」

「またお会いしましたねえ、ラヴィントン卿。この五月卿としばしおつきあい願えますか」

ジャック。人形遣いの男。

〈五月卿夫人〉の手がひらりとひるがえる。

どこからか黒い蝶が飛んできて、あっというまに視界を覆った。

＊

「五月祭だもの、今日は白いドレスにしましょうか」

そう言って母が選んだドレスを身にまとい、メアリは居間のソファに腰を落ち着けていた。

乳白色のモスリンのドレスには、襟にも袖にも繊細な花模様を編みこんだメクリンレースが贅沢に使われている。腰にはアップルグリーンのリボンが巻かれ、スカートには薔薇の刺繍がちりばめられていた。髪を飾っているのは生花を縫いつけたリボンだ。可憐《かれん》なドレスを身に着けていても、メアリの気持ちは沈んでいた。

「お散歩に出かけてはどう？　すてきなドレスなんですもの」

ジュリアはメアリの気分がふさいでいるのを察して、そうすすめてくれる。メアリは静かに首をふった。

「急だったものね、ミス・グリーンが辞めてしまったのは。さびしいのでしょう、メイ。すぐに新しい家庭教師《ガヴァネス》を雇いますからね」

姿を消したロジーナは、家庭の事情で急きょ実家に戻らねばならなくなった、ということになっていた。

居間にはメアリとジュリアのふたりしかいない。いつも奥の椅子に腰かけていたロジーナがいないのはもちろん、リチャードも議会に出かけていて不在だ。〈黒つぐみ〉がひきがねとなってこのところ暴動があいついでいるので、議会は対策のために紛糾しているそうだ。オリヴァーの言った通り、世論はもうちょっとしたはずみで急流に呑みこまれてしまいそうな状態にある。この先どうなっていくのか、メアリにはわからなかった。

メアリは庭に目を移す。

と、そこに一羽の黒揚羽がさまようように飛んできた。ひらひらと羽をひらめかせ、庭の薔薇の木にとまる。薄紅の花に黒い羽を広げたその姿に、メアリの目は釘づけになった。

「失礼いたします」

ノックの音とともに執事の声がしたが、メアリは蝶から目を離せなかった。ジュリアが応対する声が聞こえてくる。

「あら、まあいやだわ、こんな日に。どなたが亡くなられたのかしら」

不穏な言葉にメアリはやっとふり向く。ジュリアが執事から黒枠の封筒を受けとっていた。

「お母さま、どなたか亡くなったの？」

「それが、署名がないのよ。封蝋《ふうろう》の印《いん》も知らない紋章で……小鳥の印。黒つぐみかしら？」

メアリはぱっとソファから立ちあがった。驚くジュリアにかまわず、メアリは封筒をその手からとりあげる。黒枠は最幅広《エクストラ・ブロード》、近しい者の訃報。黒の封蝋にはたしかに黒つぐみの印が押されていた。

もどかしく封を開けると、中に便箋はなく、あったのはただ一葉《いちよう》、羊歯の葉。

メアリの顔が凍りつく。手から封筒が落ちた。

封筒からこぼれでた羊歯の葉を拾いあげ、ジュリアがけげんそうに小首をかしげた。

「まあ、入っていたのはこれだけ？　いたずらかしら、いやなこと」

その言葉を聞き終える前に、メアリは居間を飛びだしていた。廊下を走り抜ける。

玄関のドアに手をかけたところで、ジュリアの悲鳴じみた声に足をとめた。

「メイ！　どこへ行くの!?」

ジュリアが駆けよってくる。そのままいなくなってしまうつもりじゃないのかと、おびえた顔に書いてあった。

「散歩、散歩です、お母さま」

「それなら従僕をつれておいきなさい。ひとりではだめよ、メイ」

ジュリアは背後にいた執事にすぐ命令する。「ジョンを呼んできて！」

「お母さま、わたし、今すぐ行かなくちゃならないの」

執事が背を向けると同時に、メアリはドアを開けた。

「いけません、メイ！」

「ごめんなさい」

メアリは迷いをふりきるように玄関ホールを出て、スカートをつまむと走りだした。

「メイ！　行かないで、メイ――！」

ドアの前でそう叫ぶジュリアの声がつづいている。メアリは唇を噛みしめ、門を飛びだした。

ジョシュア――ジョシュア。頭の中ではその名前が割れるように響いている。

――訃報と羊歯の葉なんて。

ジョシュアになにかあったら、とメアリは恐怖に震えそうになる。歯を食いしばり、それをこらえた。

――どこへ行けばいいんだろう？　ジョシュアの屋敷？

ベルグレヴィアの方角へ足を向けたとき、黒蝶がメアリの前をひらりと飛んだ。黒蝶はその場で二、三度円を描いたあと、誘うように方向を変える。

――ついてこい、ということ？

メアリは頼りなく羽ばたく蝶のあとを追う。

高級住宅や紳士クラブの建物が立ち並ぶ通りには、きれいに舗装された石畳の道と、瀟洒《しょうしゃ》なガス灯がそろっている。

人々のあいだをすりぬけ、メアリは黒蝶を見失わないよう、懸命に上を見あげながら走る。スカートをたくしあげ必死の形相で疾走する令嬢の姿を、人々は見てはいけないものを見てしまったかのように避けていった。

黒蝶は目抜き通りにメアリを誘う。人通りが増え、ぶつからずに走るのが困難になった。

肩がぶつかり、ひび割れた石畳につまずき、メアリはなんども転んだ。白いドレスが土埃に汚れていく。

黒蝶はからかうように左右にひらひらと揺れて、メアリが立ちあがるのをそのたび待った。

膝がじんじんとしびれている。石畳にぶつけて、すりむいたのだ。痛みにこみあげてくる涙をメアリは必死にこらえた。

――泣いてる場合じゃない。急がなきゃ。

ジョシュアが心配だった。

〈黒つぐみ〉は、オリヴァーは、彼になにをしたのだろう。そうでなくては、あんな手紙をよこすわけがない。

『邪魔をすれば、息子だからって容赦するお人じゃありませんよ』

ジルの声が頭に響く。

『邪魔はしないように。邪魔をするなら』

オリヴァーのくぐもった笑い声。

――やめて。

黒蝶はひらひらとまっすぐ通りを進んでいく。このまま行けば、橋に行きつく。ロンドン橋だ。

橋に近づくにつれ、人通りはさらに増え、すぐそばをひっきりなしに馬車が通る。荷馬車、辻馬車、乗り合い馬車。馬のひづめと車輪が巻きあげる土埃が、メアリの視界を阻んだ。

土埃と人混みもものともせず、黒蝶は橋の上をどこか飄々《ひょうひょう》と飛んでいく。やがて黒蝶は、欄干のくぼみに背をあずけたたずんでいるひとりの青年の指先に、吸いよせられるようにとまった。

目深にかぶったトップハットにフロックコート。

黒ずくめの出で立ち。

瞳の色は見えないのに、ジョシュアではないと雰囲気でわかる。あやしく鋭く美しい、そのたたずまい。

メアリは人混みを縫って走っていた足をとめた。急ぐだれかにどん、と背中を押され、また歩きだす。

オリヴァーはひとりのようだった。近づいてくるメアリにほほえみを浮かべている。

つい、と指をはじいて蝶を飛びたたせた。

「やあ、待っていたよ。五月女王《メイ・クイーン》」

目の前までやってきたメアリに向かい、彼は帽子をあげてあいさつした。手には鳥の握りのステッキ、黒のクラヴァットには黒玉《ジェット》のピン。

琥珀色の瞳が一見やさしげに細められる。けれどその中にも鋭く光る輝きが、刃《やいば》となってメアリを射すくめた。

「泥だらけじゃないか。怪我をしているのかい？　かわいそうに。すぐ手当てしてあげよう」

メアリはせいいっぱい彼をにらみつける。

「ジョシュアを、どうしたの。なにをしたの？」

オリヴァーは目をふせ、唇をつりあげた。「さあ、どうしたかな」

メアリは彼の服をつかんだ。

「無事なんでしょう？　なにもしないで。あの人を傷つけないで！」

「あの訃報がそんなにショックだったかい。ちょっとしたジョークのつもりだったんだけどね」

「ジョーク？」

「ああすれば、君は飛んでくるだろうと思った。大正解だ」

メアリはつかんでいた服から手を離した。その手をすかさずオリヴァーがつかまえる。

容赦のないつかみかただった。

オリヴァーは橋の下を流れるテムズ河を指さす。

「小舟が一艘《そう》、あるのが見えるかい」

テムズ河の両岸には何隻《せき》もの汽船、帆船、石炭運搬船などが停泊し、混雑している。そのあいだをすり抜けるビール売りの小舟もあった。

そうしたたくさんの船の陰に隠れるようにして、小舟がひっそりと河岸に繋《つな》がれている。彼が指さしているのはその小舟だった。

積み荷もなくがらんとした小舟には、黒ずくめの大柄の船頭がひとり、仁王立ちしていた。

「あれで河を下る。狭いが少々我慢してもらうよ。私の屋敷に招待しよう」

「そこにジョシュアもいるの？」

オリヴァーは唇だけで笑った。メアリの手をとり、「さあ、行こうか」とうながす。

メアリはその手をふり払い、あとずさった。

「怖がることはない」

強《し》いてメアリをつかまえることなく、オリヴァーはただ手をさしのべる。「私は君の味方なのだから」

「あなたは味方なんかじゃない。こんな卑怯《ひきょう》な真似をして、おびきだして」

「手段は問題ではない。君もいずれ私に感謝するだろう。今の苦しみから逃れ、自由を噛みしめたときになって」

オリヴァーの声はどこか甘く、心地よくて、メアリの胸にしっとりとからみついてくる。

「もっと自分に正直になりたまえ、メイ。もう嘘はいらない。君は本来素直で、正直な子だ。ぜんぶ打ち明けたくなったときがなんどもあるだろう？　嘘をついたままでいるのは、苦しいんだろう？　その苦しみをこれからも抱いて生きていくつもりか？　そんな必要はないんだよ、メイ」

「ないと？」

オリヴァーはせせら笑う。メアリは声をつまらせた。

「苦しくなんか」

「……わたし、は……」

「メアリ！」

鋭く、清澄な声がふたりのあいだを貫いた。

ジョシュアの声だ。

声は土埃と蒸気船の煙に汚れた空気を切り裂き、メアリの意識をひき戻す。メアリはあたりを懸命に見まわし、声の主を探した。

メアリ、とまた名前を呼ぶ声が聞こえた。今度は馬車の車輪の音が邪魔をして、その声は遠い。目の前を馬車が通りすぎ、そうしてメアリはやっとジョシュアの姿を見つけた。

橋の向こう側、馬車と人の波に隔てられた先に、ジョシュアはいた。

「無事だったんですね！」

思わず駆けよろうとしたメアリの鼻先を、馬車が勢いよく走り抜けた。メアリはよろめき、うしろへさがる。その肩をオリヴァーがつかまえた。

「急に飛びだしてはいけないよ、メイ。こんなに馬車の往来が多くては、轢《ひ》かれてしまう」

ふたたび甘い声音でオリヴァーがささやく。

「メアリから離れろ、オリヴァー！」

橋の向こうからジョシュアが叫んでいる。行きかう人々がぎょっとした様子で彼をふり返っていた。

「あれほど言ったのに、父さまと呼べないものかな。しようのない子だ」

うすい笑みを浮かべてオリヴァーはメアリの髪をなでた。

「ジャックはどうした？　おまえを迎えにいっただろう？」

さして大声をあげているわけでもないのに、不思議とオリヴァーの声は橋の喧噪《けんそう》を通り抜けた。

ジョシュアは無言でステッキを掲げる。銀製の握りをすこしひき抜くと、刃がきらりと光った。

「仕込み杖《づえ》か。なるほど、しゃれたことを」

「メアリを放せ」

「無理やりつれていくわけではないよ。そうだろう、メイ」

オリヴァーは背後からメアリをのぞきこむ。

「またハートレイ卿の家へもどろうというのかい？　そうやって、これからも嘘をついていくのかい。愛する者にすら本当のことを言えずに」

「……！」

メアリは歯をくいしばる。

「そいつの言うことに耳を貸すな、メアリ！」

ジョシュアが声をはりあげた。

「君のことはぜんぶわかってる。嘘がなにかも。だからもういいんだ」

ジョシュアの言葉に、メアリは足もとからくずれ落ちそうになった。

――わかってる？　ぜんぶ？　ぜんぶ！

知られてしまったの？　正体を。嘘つきだと。

――彼にだけは知られたくなかったのに！

メアリは顔をゆがめ、うつむいた。

「うつむくな、メアリ！」

ジョシュアの声が鋭く響く。メアリの肩がびくりと跳ねた。

「うつむかなくていい、顔をあげろ！　君がどれだけ嘘をついていようが、どうだっていい。だってそうだろう、君が俺にくれた愛は真実だ。嘘なんかじゃない。だから俺にとっては君が本物だ！」

メアリははじかれたように顔をあげた。

ジョシュアはまばたきもせずメアリをまっすぐ見つめている。鳶色《とびいろ》の瞳には曇りも影もなかった。

「どうして」

メアリの唇が震えた。

すべてを知ったうえで、どうしてそんなことが言えるのだろう？

「どうしてなの」

そのつぶやきは聞こえなかっただろうに、ジョシュアはきっぱりと答えた。

「どうして？　君は馬鹿か！　君を愛しているからに決まってるじゃないか！」

通りかかる人々が一気にどよめいた。人波に押され足をとめることはないが、じろじろとジョシュアを眺めていく。

メアリはめいっぱい目を見開き、ジョシュアを見つめた。

ジョシュアはすこしも動じるところなく、両手を広げる。
「俺は君が欲しい。君をこの手に抱きたい。――君はどうだ？」
まっすぐな彼の気持ちが、メアリの胸を貫いた。
胸の奥が熱い。
熱が全身を駆けめぐって、頭の芯がしびれる。
ぎゅう、とメアリはドレスの胸もとを握りしめた。
望んじゃいけないと思っていたものが、今、胸の中に飛びこんできた。
彼の愛が。
――わたしはこれを、手にしてもいいの？
手を広げるジョシュアは、いいんだ、と体いっぱいで叫んでいる。
嘘なんてどうだっていい。
ただ、君が欲しい。
そんな彼の強い思いが、嘘も迷いも蹴散らそうとしている。
いいわけない。
いいわけないのに――
メアリは手を握りしめ、足先に力をこめた。
欲しいと思った。

わたしも、彼が欲しい。

足を踏みだしかけたメアリのうしろから、オリヴァーが冷えた声を発した。

「とまれ、メイ」

メアリの体が、ぴたりととまった。動けない。

オリヴァーの手が、肩をなでる。

「私の声にはだれも逆らえない。わかっているだろう？　私の声は魔法だからね」

耳もとでオリヴァーはささやいた。

メアリは必死に体を動かそうとするが、ぴくりともしない。

「もうすこしなんだよ、メイ。あともうひと押しで、混沌《こんとん》がはじまる。そのためには君の〈力〉が必要なんだ。私が操った者の記憶を君が消す、操られていたという記憶だけ……これで女王を操ったら、どうなるだろう。ほら、想像すると、楽しくないかい？」

「……楽しくなんか！」

——逃げなきゃ。この人に利用なんてされない。

メアリはぐっと手に力をこめる。

——動け。動け！

わたしは彼のところに行くんだ。

ジョシュアのもとに。

ぴくり、と指先が動いた。

はっとして息を吸いこみ、間髪をいれず背後のオリヴァーを押しのけた。

「！」

オリヴァーがよろめく。

その隙をついて、メアリは彼の瞳をのぞきこんだ。冷たい輝きをたたえた琥珀色の瞳。

その瞳を、じっと見つめる。

メアリの瞳が熱を帯びてくる。

琥珀色が、ゆらりと色を変えた。にじむように、ヘーゼル色に。

「忘れて。——あなたのその〈力〉のこと」

オリヴァーの表情が、無になった。目の焦点がぼやける。ふらりとよろけて、欄干にもたれかかった。

メアリはくるりと身をひるがえし、道に飛びだした。うしろから命令する声はない。

馬車のあいだを縫い、狩猟犬から逃れるキツネのようにすばやく、器用に道を渡る。

花売りをしていたころには、よくこうして道を渡った。スカートの裾がめくれ、足があらわになるのもかまわず。

材木を積んだ荷馬車を避《よ》け、辻馬車をとめ、メアリは道を渡りきった。

「メアリ！」

人波をかきわけ駆けよってきたジョシュアの胸に、メアリは飛びこむ。広い胸が、メアリを受けとめた。フロックコートに顔をうずめたメアリを、ジョシュアは思いきり抱きしめる。メアリは叫ぶように思いを吐きだした。

「ジョシュア、わたしもあなたが好き。あなたを愛してるの……！」

ついに言ってしまった。ずっとこらえていたのに。

口にした瞬間、甘く、熱いものが胸の中でぱっとはじけたような心地がした。

メアリを抱きしめる力が強くなる。

「やっと聞けた。その言葉をこんなに待ちわびたのは、初めてだ」

苦笑いを含んだ熱い吐息が、耳もとにかかる。

「ずっとそばにいると言ってくれ、メアリ。いやだと言ってももう逃がさない」

熱くかすれた声に、胸の芯がじんと甘くしびれた。メアリはコートにしがみつく。

「そばにいます、ずっと。ずっと、そう言いたかったの」

体中がぽかぽかとあたたまっていく。やっと息のしかたを思いだしたような、そんな気がした。

橋の上で抱き合うふたりを、周囲を通りすぎていく人々が、わけがわからないながらも口々にはやしたてていく。三角関係か痴話ゲンカがおさまったくらいに思っているようだ。

「メイ――」

人々の声のすきまを鋭く縫って、オリヴァーの声が聞こえた。ふたりははっとしてそちらを向く。

「メイ、君は今、私の――なにを消した？」

オリヴァーはいまいましげに顔をしかめ、頭を押さえていた。

「不覚だったよ。君は思った以上にお転婆な子だね。丁重に迎え入れるつもりだったがしかたない。私の仲間はこの橋の上にも――」

「そうはさせない」

「なに？」

手を上にあげかけたオリヴァーが、ジョシュアの言葉にけげんそうに眉をよせる。

ジョシュアは時計鎖《アルバート》につけた呼び笛をとりだし、吹き鳴らした。

ピィーッと、甲高い音が響き渡る。

そのとたん、オリヴァーの近くにいた労働者風の男が、いきなり彼にとびかかった。

ほかにも二、三人の男がオリヴァーに組みつく。

橋の向こうから、警官の群れが押しよせてきた。橋を通る人たちはあわてて脇によけている。

「近くに仲間がいる！　さがしてつかまえろ！」

オリヴァーを拘束している男のひとりが警官たちに向かって叫んだ。警官が橋の上に散らばっていく。

橋の上はあっというまに大混乱になった。逃げだそうとする者をつかまえる警官に、巻きぞえを避けてあわててひき返そうとする者、見物しようとする野次馬。緊迫した空気に馬が興奮し、馬車の列が乱れる。それにまた悲鳴があがり、混乱はひどくなっていく。

「なにが、どうなってるの」

なりゆきを見ているしかなかったメアリが、呆然とつぶやく。

それに答えたのは、ジョシュアではなく、別の声だった。

「ジョシュの合図があるまで、待機していたんだよ」

いつのまにかそばにやってきていた、デイヴィッドだった。

「デイヴィッドさま。あなたが警官を？」

「そうだよ。〈黒つぐみ〉のやつらに襲われかけたあと、ジョシュは君の足どりを追ってここへ、僕はロンドン警察に駆けこんだってわけ」

なにしろメアリは橋に来るまでずいぶん人目をひいたので、どこへ行ったかはすぐわかったという。

メアリとオリヴァーを見つけたジョシュアは、通りかかった馬車の御者にデイヴィッドへの伝言を託し、橋の近くで待機させていたのだった。

「今のうちにここを離れたほうがいいよ。あれこれ尋問されるとめんどうになるから」

ジョシュアはうなずいたが、

「あいつにひとつだけ、訊きたいことがある」

と橋の向こうを見た。

騒ぎのために馬車が立ち往生している中を通り抜け、ジョシュアたちは橋を横断した。

自分をつかまえている刑事を軽蔑するような目で見ていたオリヴァーは、近づいてきたジョシュアに皮肉げな笑みを浮かべた。

「おまえにしてやられるとはね。子どものころは私に泣かされてばかりいたおまえが」

「積年の恨みってやつだ」

乾いた声で言ってから、ジョシュアは刑事たちに目配せしてさがらせた。

「あんたに、ひとつ訊きたいことがある」

「父さまと呼ぶなら答えてやろう」

「……なんで、なにも告げずに家を出たんだ？　せめて母さんには、事情を話せなかったのか？　母さんのことをどう思っていたんだ？」

「質問はひとつじゃないのか？」

オリヴァーは笑う。ジョシュアは唇をひきむすんでいる。

「まあ、いい。遺言代わりに答えてやろう」

「遺言？」

「私はサラにだけは知られたくなかった。愛する者にはいちばん秘密を知られたくないものだろう？　日に日に若返っていく夫など、気味が悪いじゃないか。でも、後悔はしたよ。サラが死んだと聞いたときにね。それで死なせるくらいなら——」

オリヴァーはどこか遠くを見つめ、歌うように言った。

「私の手で殺してやればよかった、と」

ジョシュアがぐっと声をつまらせる。

「おまえっ……」

つかみかかろうとしたジョシュアを、デイヴィッドが制止した。

「なにを怒っているんだ？　それがせめてもの情けじゃないのか？　愛する者への」

にらみつけるジョシュアに、オリヴァーは興ざめしたように首をふった。

「質問がそれだけなら、もう行ったらどうだ？〈黒つぐみ〉の仲間だと思われないうちに。なにせ、おまえは首領の息子なんだからな」

「待て。さっきの遺言ってどういうことだ」

「私は近々死ぬ」

オリヴァーはなんでもないことのように言う。絶句するジョシュアに片眉をあげ、さも意外そうにつづけた。

「なんだ、ご先祖さまの本をちゃんと読んでないのか？　若返りの体を持った者はみな、寿命をまっとうせずに死ぬ。なぜか？　ある日とつぜん、老いるからだよ。それも、若返ったときの何十倍もの速さで。その前兆は、若返りがとまること。私の体は、半年前にそうなっている。もういつ死んだっておかしくない」

ごく淡々と、本を読みあげるかのように言って、オリヴァーは笑みを浮かべた。これ以上ないくらい妖艶で美しい笑みだった。

「私はこの国が大きらいだったよ。女王も、社交界の連中もね。だからそいつらを地べたにはいつくばらせてやろうと思ったまでのことさ。もうすこしだったのに、惜しいことだ」

オリヴァーは喉の奥を鳴らして笑った。なにかの箍《たが》がはずれたようにその声はやまなかった。

ジョシュアはそんな父の姿をしばらく見つめていたあと、一歩あとずさると、なにも言わず背を向けた。足早に遠ざかるのを、メアリは追いかける。ジョシュアはなにかをつぶやく。小さなつぶやきは、メアリにしか聞きとれなかっただろう。

さよなら、父さん、と。

憎まれ口をたたいていても、ジョシュアはきっとオリヴァーのことを慕っていたのだろう、とメアリは思う。

メアリが、ジュリアたちを慕い求めるように？　けれどオリヴァーは、ジュリアたちのようなぬくもりを息子に与えはしないのだ。けっして。

ジョシュアとともに乗ってきた辻馬車を屋敷の手前でおり、メアリはゆっくりと歩いた。

——オリヴァーがわたしに目をつけたのは、けっきょく、わたしが嘘をついていたことにはじまるんだわ。

嘘をついていなければ、〈力〉を知ることもなかった。オリヴァーに見つかることもなかった。

やっぱり、嘘をついているべきではない。本当のことを、ちゃんと言わなくちゃいけない。そう思う。

きっと、それがいちばん正しい。

でも——

ジュリアの顔が浮かぶ。家を飛びだしてきたときの、すがりつくような彼女の顔。

屋敷の門をくぐると、ジュリアが玄関扉の前にたたずんでいるのが見えた。悄然《しょうぜん》とした彼女の姿に、メアリの胸がずきっと痛む。とめるのをふりきって出てきたので、あしてずっと心配していたのだろう。

メアリに気づき、ジュリアはよろめきながら駆けよってきた。

「メイ！」

ジュリアはメアリをぎゅっと抱きしめた。

「ああ、メイ！　どこへ行ったかと心配したのよ。もう帰ってきてくれないんじゃないかって……ああ、いいえ、そんなことはいいの、帰ってきてくれたんですものね。従僕たちにさがしに行かせているの、帰ってきたと知らせてやらなくちゃ」

ジュリアの腕に包まれて、メアリは胸の中がふわっとあたたかくなるのを感じる。甘くやわらかな母のにおい。母の体温。

メアリが泥と埃だらけなのにもかまわず、ジュリアは頬をすりよせる。

「お湯を使いましょうか。怪我もしているの？　たいへん！　すぐ手当てしましょう」

ジュリアはメアリを家の中へと押しやり、メイドを呼ぶ。

そういえば四年前、メアリが初めて伯爵邸につれてこられたときも、埃まみれの体をジュリアに抱きしめられ、メイドたちに体を洗ってもらったのだ。

「——お母さま」

なにかを考える前に、言葉が口をついて出ていた。

ジュリアがふり返る。

メアリを見る瞳には、おびえの色がかすかに浮かんでいた。――なにを言おうというの？　と。

メアリは、目をまたたいた。

それから、ほほえんだ。

「なんでもないの。ちょっと、呼んでみたかっただけ」

ジュリアはほっとしたように目を細める。手を伸ばしてメアリをひきよせ、髪をなでた。

「呼びたければ、いくらでも呼べばいいのよ。わたくしは、あなたの母親なんですからね」

きゅう、と胸がしめつけられた。ジュリアの声に、髪に触れる手に。ここにあるのは、本物の愛情だ。ひきとられたあの日から、まぎれもなく、ずっと変わらないぬくもりがある。

――君がどれだけ嘘をついていようが、どうだっていい。だってそうだろう、君が俺にくれた愛は真実だ。嘘なんかじゃない。だから俺にとっては君が本物だ……

メアリは、ジョシュアの言葉を胸の中でなんども反芻《はんすう》する。

今、メアリは理解した。雷に打たれたように。

ジュリアもおなじなのだ。

ジュリアだって、嘘をついている。メアリを失いたくなくて、嘘をつきつづけている。

けれど、その愛は真実だ。

だから、メアリにとってこの家族は、本物なのだ。

「お母さま」

メアリは、ジュリアの体をぎゅっと抱きしめた。

「わたし、お母さまの娘でよかったわ」

ジュリアが、ひゅ、と息を吸いこんだのがわかった。それから、小さく嗚咽《おえつ》をもらすのが。

あたたかな体温に包まれながら、この人が望むなら、それでいい、と思う。

卑怯でもいい、正しくなくてもいい。だれにそしられたっていい。

メアリを抱きしめるジュリアの腕がある。

ここに真実があるならば、それだけでじゅうぶんだ。

──あなたのお母さまを、わたしのお母さまにしてもいい？　メアリ。

そのためなら、わたしはずっと、嘘つきなメイでいいから。

＊

『〈黒つぐみ〉首領　謎の死!?

先日逮捕された〈黒つぐみ〉の首領と目《もく》される男が、勾留されていた監房で死亡した。死因は――非常に信じがたいことだが――老衰だという。男は一夜にして白髪の老人になり、死亡していたというのだ。

逮捕のショックによるものではないかと言われているが、真相は謎である』

――コート・ジャーナル紙より

✿ エピローグ ✿

「ラヴィントンさま、お聞きになりまして？　メアリのお話」

ヴァイオラにそう尋ねられ、ジョシュアはあいまいに笑みを浮かべた。

「さあ、なんでしょう」

サンドリッジ侯爵邸の庭で開かれたお茶会のさいちゅうだった。

ロンドンの街中にもかかわらず広々とした庭に、盛りを迎えた薔薇の花が咲き誇っている。

屋敷のテラスにはテーブルと椅子が用意され、ケーキやサンドイッチが山ほど盛られていた。令嬢たちは薔薇を愛《め》でるでもなく、そこでたわいないおしゃべりに花を咲かせている。

その中心にいるのはデイヴィッドだ。如才なく令嬢と会話を楽しんでいるように見えるが、おそらく話の中身は今季流行のドレスについてであろう。

令嬢たちの相手を彼にまかせ、ジョシュアはひとり、薔薇の木陰で休んでいたのだった。

ジョシュアはヴァイオラに愛想笑いを向ける。

「さすがに、すばらしい薔薇ですね。めずらしい種類もたくさんある」

しかしヴァイオラはジョシュアの言葉など素通りして、メアリの話をつづけた。人の話を聞かない令嬢である。

「大通りを、スカートをたくしあげて走っていたっていうんですの。必死の形相で。本当なのかしら」

噂とはまったく広まるのが早いものだ、とジョシュアはなかば感心する。一輪の薔薇に手を伸ばし、軽く顔を近づけた。甘く清々《すがすが》しい薔薇の香りがただよう。

「聞いてらっしゃいます？」

いらいらとヴァイオラは扇を開いたり閉じたりする。自分は人の話を聞かないのに、人が自分の話を聞かないことには我慢がならないようだった。えてして令嬢はみなそんなだから、ジョシュアは慣れている。

「聞いていますよ。噂というのは、いつも無責任なものですからね」

「火のないところに煙は立ちませんわ」

「これはこれは、耳が痛い」

ヴァイオラは失言に気づいたらしく、気まずそうに目をそらす。

「ラヴィントンさまとメアリでは、一緒になりませんわ。あの子は、人一倍ふるまいには気をつけるべきだと、わたくし思いますの」

「ほう、そうですか」

「いちいちこんなくだらない噂を立てられては、つまらないじゃありませんの」

ジョシュアは、おや、と思う。

ヴァイオラは、ぷりぷりと怒っているようだった。

「メアリは、ぼんやりしすぎているのですわ。あんなに隙だらけでは、社交界にデビューしてもやっていけませんわよ。悪い人間につけこまれるだけですわ」

たしかにメアリは、つけこまれたのだから。ジョシュアもそう思っていた。

慧眼《けいがん》だ。

「あなたはレディ・メアリを心配しているわけですね」

そう言うと、ヴァイオラはきょとんとして、それからあたふたと言い訳をした。

「まさか！　あら、いいえ、そうですわね。心配はしておりますわ、友人ですもの。彼女に悪い噂が立っては、わたくしだって評判に傷がつきますし」

ぱたぱたと意味もなく扇であおぎ、ヴァイオラは目を泳がせている。

女の友情というのは複雑なんだな、とジョシュアはヴァイオラを眺める。薔薇よりも興味深い。うすい笑みが唇に浮かんだ。

「メアリといえば、ラヴィントンさま」

ヴァイオラは扇のうしろからちらりと意味ありげな視線をよこす。

「先日、ロンドン橋の上で若い令嬢に求婚なさったというのは本当ですの？　その令嬢がどうもメアリのようらしいと噂になっているんですの」

——まあ、あれだけ派手にやれば噂にもなるだろう。

〈黒つぐみ〉とジョシュアたちとのかかわりは表沙汰にならないよう、もちろん手をまわしたのだが。

まだ公表はしていないが、そのうちどこかの新聞に載ることになるのだろう——ラヴィントン伯爵とハートレイ伯爵令嬢メアリの婚約成立、と。

ヴァイオラの噂話はまだつづいている。

「それに、ラヴィントンさまの婚約者としてチャーチル准男爵夫人に紹介されたご令嬢も、メアリらしいって言われてますわ」

——そういえば、そんなことも言ったな。

あのときはチャーチル夫人から逃げるための方便だったが。

おかしなものだ、と笑う。

嘘がまことになっている！

「どうなんですの？　ラヴィントンさま」

ジョシュアは答えず、視線を前方にずらした。

「おや、噂をすれば」

ちょうどポーチにとめた馬車からハートレイ卿《きょう》夫人がおりてくるところだった。

そのうしろから、メアリがつづいてあらわれる。

メアリは初夏らしい、淡い青磁色《せいじいろ》のドレスを着ていた。広くあいた袖口と、上衣を覆う透かし編みのレースが涼しげだ。

妖精の女王《ティタニア》のようだな、と思う。

メアリはジョシュアを見つけると、ぱっと顔を輝かせた。スカートをつまみ、軽やかに駆けよってくる。

——こういうところが、『隙だらけ』なんだ。

ジョシュアは苦々しく思いながらも、頰をゆるめずにいられない。

彼女のこの愛らしさは社交界に出れば間違いなく男たちの目をひくのだろうが、ジョシュアは彼らをメアリに近づけさせる気はまったくなかった。我ながら狭量さにあきれ返る。

「今日はお招きありがとう、ヴァイオラ」

メアリはヴァイオラにお辞儀する。ヴァイオラは非難するように眉をよせていた。

「メアリ、あなたね、そんなだから——」

「悪い人間につけこまれてしまうと、レディ・ヴァイオラは心配しているんだ」

ジョシュアはすかさず口を挟んだ。

「しっ、心配なんてしていませんわっ。わたくしは、ただ、つつしみのないふるまいはおよしなさいと、そう言いたいだけですのっ」

ヴァイオラは扇をぶんぶんふりまわすと、ドレスの裾をひるがえしテーブルのほうへ行ってしまった。メアリは不思議そうにヴァイオラとジョシュアを見比べている。

「俺はヴァイオラ嬢に賛成するね。実際君は、俺なんかにつけこまれてしまったわけだから」

メアリはくすりと笑った。

「あなたは悪い人間なんかじゃありません」

「へえ。じゃあ、善い人間？」

「わがままな、子ども？」

「……冗談だろ？」

仏頂面になるジョシュアに、メアリはおかしそうに笑う。光がはじけるようだ。

ジョシュアはかたわらの薔薇をつまみ、細い枝をぽきりと折りとる。とたん、メアリがびっくりした顔でいさめた。

「だめです、そんな。ここの薔薇はサンドリッジ卿夫人が丹精こめて育てているんですよ」

「丹精こめているのは庭師だろう」

ジョシュアは摘みとった淡いピンクの薔薇を、メアリの髪にさしこむ。ローズブラウンの髪に、淡いピンクはよく映えた。

「この薔薇は君にふさわしい」

大真面目にそう言えば、メアリは困惑したように目をしばたたき、顔を赤くした。

彼女はまったくわかっていない、とジョシュアは思う。クイーンを称《たた》えるのに薔薇のひとつでは釣り合わないくらいだ。

メアリはまさしくクイーンである。彼にとって。

自分がただひとり、ひざまずいて愛を乞う女性。

「結局のところ」

薔薇で飾られたメアリを見つめ、ジョシュアはつぶやく。

「薔薇をたずさえ君を迎えにきたのは、俺だったわけだな」

え？　とメアリは小首をかしげる。ジョシュアは満ち足りた気分で、彼女にほほえみかけた。

本文デザイン／関　静香（woody）

本書は、二〇一二年十二月に集英社コバルト文庫より
刊行されました。

白川紺子の本

朱華姫《あけひめ》の御召人《おめしびと》 上
かくて愛しき、ニセモノ巫女

先帝の血を引くことを隠し、伯父の家で下働き同然に扱われていた蛍。奥の神に仕える巫女・朱華姫に選ばれ、美貌の皇子・柊にかしずかれる生活がはじまり……。和風ファンタジー開幕。

集英社文庫

白川紺子の本

朱華姫《あけひめ》の御召人《おめしびと》 下

かくて恋しき、花咲ける巫女

正式な朱華姫となった蛍。御召人の柊に甘やかされ、戸惑いを覚えていた。蛍に対する嫌がらせが相次ぎ、自分たちで犯人をつきとめようとする中、蛍の秘密が白日の下に晒され——。

集英社文庫

集英社文庫　目録（日本文学）

白石一文　光のない海
白岩玄　たてがみを捨てたライオンたち
白川紺子　朱華姫《あけひめ》の御召人《おめしびと》(上)　かくて愛しき、ニセモノ巫女
白川紺子　朱華姫《あけひめ》の御召人《おめしびと》(下)　かくて恋しき、花咲ける巫女
白川紺子　嘘つきなレディ　五月祭《メイ・デイ》の求婚
白河三兎　私を知らないで
白河三兎　もしもし、還る。
白河三兎　十五歳の課外授業
白澤卓二　100歳までずっと若く生きる食べ方
城山三郎　臨3311に乗れ
辛永清　安閑園の食卓　私の台南物語
辛酸なめ子　消費セラピー
新庄耕　狭小邸宅
新庄耕　ニューカルマ
新庄耕　地面師たち
真堂樹　帝都妖怪ロマンチカ　～猫又にマタタビ～
真堂樹　帝都妖怪ロマンチカ　～狐火の火遊び～
真堂樹　帝都妖怪ロマンチカ　～犬神が甘噛み～
新堂冬樹　ASK　トップタレントの「値段」(上)(下)
新堂冬樹　虹の橋からきた犬
新堂冬樹　枕アイドル
眞並恭介　牛と土　福島、3.11その後。
神埜明美　相棒はドM刑事《デカ》　～女刑事・海月の受難～
神埜明美　相棒はドM刑事《デカ》2　～事件はいつもアブノーマル～
神埜明美　相棒はドM刑事《デカ》3　～横浜誘拐紀行～
真保裕一　ボーダーライン
真保裕一　誘拐の果実(上)(下)
真保裕一　エーゲ海の頂に立つ
真保裕一　猫背の虎　大江戸動乱始末
真保裕一　ダブル・フォールト
真保裕一　脇坂副署長の長い一日
周防柳　八月の青い蝶
周防柳　逢坂の六人
周防柳　虹
周防柳　高天原──厩戸皇子の神話
周防正行　シコふんじゃった。
杉本苑子　春日局
杉森久英　天皇の料理番(上)(下)
杉山大二郎　大江戸かあるて　桜の約束
杉山俊彦　競馬の終わり
鈴木遥　ミドリさんとカラクリ屋敷
鈴木美潮　昭和特撮文化概論　ヒーローたちの戦いは報われたか
鈴村ふみ　櫓太鼓がきこえる
瀬尾まいこ　おしまいのデート
瀬尾まいこ　春、戻る
瀬尾まいこ　ファミリーデイズ
瀬川貴次　波に舞ふ舞ふ　平清盛
瀬川貴次　ばけもの好む中将　平安不思議めぐり

集英社文庫

嘘《うそ》つきなレディ　五月祭《メイ・デイ》の求婚《きゅうこん》

2023年5月25日　第1刷　　定価はカバーに表示してあります。

著　者　白川紺子《しらかわこうこ》

発行者　樋口尚也

発行所　株式会社　集英社

東京都千代田区一ツ橋2-5-10　〒101-8050

電話　【編集部】03-3230-6095

【読者係】03-3230-6080

【販売部】03-3230-6393(書店専用)

印　刷　大日本印刷株式会社

製　本　大日本印刷株式会社

フォーマットデザイン　アリヤマデザインストア　　マークデザイン　居山浩二

ISBN978-4-08-744526-8 C0193